David Augscheller
geboren am 28. 04. 1969 in Sterzing (Südtirol). Studium der Geschichte an der Universität Innsbruck. 1995 bis 1997 hauptamtlicher Mitarbeiter der Südtiroler HochschülerInnenschaft in Bozen. Seit 1997 Deutsch- und Geschichtslehrer an der Fachoberschule für Soziales »Marie Curie« in Meran; Übersetzertätigkeiten Deutsch-Italienisch (und umgekehrt); publizistische Tätigkeit.

Stephan Felderer
geboren am 09. 04. 1973 in Bozen (Südtirol). Besuch der Grundschule, Mittelschule im Sarntal. In Bozen das fünfjährige Realgymnasium besucht. Studium der Deutschen Philologie und Geschichte an der Universität Wien. Deutsch- und Geschichtslehrer an verschiedenen Schulen.

David Augscheller /
Stephan Felderer

Darüber lacht
Südtirol

Witze, Anekdoten, Kurioses

UEBERREUTER

ISBN 978-3-8000-7311-5

Covergestaltung und -illustration: Christian Thomas, www.concept8.com

Druck: Druckerei Theiss GmbH, A-9431 St. Stefan i. L.
7 6 5 4 3 2 1

Ueberreuter im Internet: www.ueberreuter.at

Inhalt

Vorwort

Als wir von dem Projekt der Südtiroler Witze und Anekdoten gehört haben, erschien uns dies eher ein leichtes Unterfangen, doch merkten wir bald, dass sich hierbei auch sehr komplexe gesellschaftliche und politische Strukturen zutage fördern ließen. Grundsätzlich kann man behaupten, dass die Südtiroler ein lustiges Völkchen sind, das sich meist durch Humor und Schlagfertigkeit zu behaupten weiß und wohl auch muss. Ganz nach dem Motto: Es ist hart, das Leben in den Bergen, aber nicht aussichtslos! Die Witzkultur befindet sich in einem steten Wandel, und was vor hundert oder noch mehr Jahren die Menschen vor lauter Lachen krümmte und so manchen einen Bauchkrampf verursachte, stößt heute höchstens auf ein müdes Schmunzeln. Dennoch haben wir beschlossen, auch älteres Lachmaterial (aus Zeitungen und Zeitschriften des 19. Jahrhunderts) in dieses Büchlein einfließen zu lassen, gewissermaßen, um auch einen kleinen Beitrag zur Geschichte des Witzes zu leisten. Sie werden sehen, um 1900 war der Humor so verschieden nun auch wieder nicht. Waren um die Jahrhundertwende noch vor allem Klischees von der Köchin, dem alles versaufenden Studenten, der verschwenderischen Ehefrau und dem tölpelhaften Militärleutnant im Vordergrund, so hat sich dies im Laufe eines Jahrhunderts doch wesentlich verschoben. Bestimmte Grundmuster fallen dabei immer wieder ins Auge: Der Witz, die pointierte Anekdote sind immer wieder Ausdruck bestimmter gesellschaftlicher und politischer Situationen. Der einfache Bürger versteckt häufig in den Witzen auch Gesellschaftskritik, welches sich um die Jahrhundertwende gegen den Tiroler Adel wendete, welches sich heute gegen die allgemein grassierende Bürokratie wendet. Vielfach war der Witz ein Mittel, sich gegen die Unterdrückung und Ausbeutung, Willkür und Knechtschaft zu wehren. Historisch ließe sich dies mit den Bauernaufständen Michael Gaismairs und den Erhebungen Andreas Hofers verknüpfen. In mancher Hinsicht hat sich der Südtiroler Humor mit Hilfe des Witzes auch gegen die politische Situation gewehrt, wobei sich die Südtiroler vor allem mit den kirchlichen und politischen Würdenträgern auseinandersetzen. Doch herrscht nicht nur diese Witzform vor: Südtirol ist gespickt mit Insider-Witzen (und auf diese wollen wir besonderen Wert legen), so ist landesweit immer wieder der Sarnerwitz ein willkommener Grund der Erheiterung, gefolgt von den Gsiesern und spartenspezifischen Scherzen. Doch blieben gewisse Sinnsprüche, mit denen sich der Südtiroler über Wasser hält, bis zur Gegenwart präsent und ein wesentliches Allgemeingut. Als ein Paradebeispiel solcher Sinnfolgen möge dieser Ausspruch gelten: »Scheiß dr nix, lebsch länger!« Möge dieser Sinnspruch, der den Südtirolern so oft in den verschiedensten Lebenslagen Grundlage einer entspannten und lockeren Sichtweise auf die Dinge des Lebens ist, auch ein wenig das Motto dieses Büchleins sein, das die Menschen zu einigen heiteren und erquicklichen Stunden verleiten möge. Wir haben versucht, die typischen Stereotype, Sujets und Klischees, mit denen sich die Südtiroler herumschlagen, in dieses Werk einfließen zu lassen und dabei auch ein wenig zur Erheiterung des Lesers beizutragen. Der Homo tirolensis, der schon seit Ötzis Zeiten durch die Alpen flaniert, bildet in jeder historischen Epoche ein Paradebeispiel an Humor, Heiterkeit und Fröhlichkeit.

Last but not least wollen wir uns bei all jenen bedanken, die durch ihre Beiträge zum Entstehen dieses Büchleins beigetragen haben. Im Besonderen sei hier die Community des StudiVz genannt (schickt bitte weiterhin eure Witze!) und Melanie, ohne deren Hilfe dieses Projekt schon im Vorhinein gescheitert wäre.

Wir hoffen, mit dieser Einleitung doch ein wenig den firwitz (= die Neugierde) bei den Lesern geweckt zu haben und diesen auch zu stillen.

Sarntal/Meran, im Juli 2007

David Augscheller
Stephan Felderer

1. Von der Sprache

Als Grenzgebiet war Südtirol immer schon auch ein Mischgebiet. Räter, Kelten, Römer, Bajuwaren, Venoster, Deutsche, Italiener, zuletzt Menschen aus noch mehr Teilen der Welt haben sich in der kleinen Alpenregion niedergelassen und zur Bereicherung der Kultur beigetragen. Natürlich zur Irritation der Sprachpuristen, denen die Natur einer jeden Sprache, auch des Südtirolerischen, nämlich der Hang zur Kontamination mit anderen Sprachen (und das Kontaminieren der anderen) entgangen ist. So ist auch das Südtirolerische, wie viele andere Umgangssprachen, von Anglizismen durchdrungen, aber im Besonderen, das ist das Typische am Südtirolerischen, von Italianismen. Daher kommt es, dass, obwohl der deutschen Sprache zugehörig, ein Südtiroler es bereits in Innsbruck schwer haben kann, verstanden zu werden. Abgesehen davon, haben es auch die Südtiroler untereinander nicht immer leicht mit der Verständigung. Von vielen Tälern zerfurcht, haben sich viele umgangssprachliche Inseln gebildet, sodass oftmals die Bewohner benachbarter Dörfer teilweise unterschiedliche Aussprachen haben. So pflückt der Malser »schäane gräane Bläamlen«, während die wenige Kilometer entfernte Praderin (am Stilfserjoch) »schäane griane Bliamlen« haben möchte. Ganz zu schweigen von den »großen« Entfernungen. Auch Südtiroler brauchen recht viel Erfahrung mit »Puschtra« (Pustertaler), um zu wissen, dass ein »Webbehöttl« nicht eine Weberhütte ist, sondern eine Spinnenart. Und wer weiß, dass »âfter Mittog« im Mittelvinschgau »nach dem Mittag« bedeutet und nicht mit dem Verdauungstraktende zu tun hat.

Ein Alltagsbeispiel? »Ma dai, die Spaghetti sein net amol al dente und Pelati hosch a net gnummen!«

âfter	Mittelvinschgau; danach; nach; unsicher, ob eine Nähe zum Englischen »after« besteht
an Kawolo ungeahn	ital., Kohl. Das geht dir überhaupt nicht an
Ârbeitrsekt	Spuma
ausschaugn wia a gschpiebene Gearscht	aussehen wie erbrochene Gerste; ziemlich schlecht aussehen
bisch du a pesanter Mensch	ital., pesante, schwer. Bist du aber ein nervtötender Mensch
Canederlo	ital. für Knödel
der Dativ	eine Vinschger und Berliner Gemeinsamkeit. I hon dir gearn; i hon an Flug af dir (ich habe mich in dich verknallt)
die Noat hâbn	den Drang (zum Sex oder zur Notdurft) verspüren
ital. Fluchwörter	gehören zum Grundwortschatz und werden immer als Erste gelernt; auch von jenen, die des Italienischen nicht mächtig sind; hier sind nur einige wenige aufgelistet, und zwar die weniger derben. Kazzo, ital. Penis; Kawolo!, ital. eigentl. Kohl; Puttana! (auch Puttega!), ital. Hure

fregiern	ital., fregare; jemanden reinlegen
Fuahr	eine Fuhre Holz, Heu; auch für Spaß
Hâlbmittag	eine (deftige) Essenspause zwischen Frühstück und Mittagessen
Hemmategg	im Burggräfler Raum gebräuchlich; Spiegeleier mit Schinken; ungewiss, ob es eine dialektale Abwandlung des Englischen »ham and egg« ist; vielleicht zur Zeit des Beginns des englischen Tourismus um die Jahrhundertwende übernommen
i stell di Grausbirn au	ich stelle die Grausbirnen auf; die Gänsehaut bekommen; sich ekeln
Karpf	Carabiniere
konnsch mi gearn hâbn	du kannst mich gerne haben; ironisch: mit mir brauchst du nicht zu rechnen
kotto sein	ital., cotto, gebraten; am Ende sein, ausgebrannt sein
Kruzifixnouamolinni	sagen Südtiroler im Zustand des Zorns
ma dai	aber geh!; ach geh!; ma dai, stress mi net!
Malta, Maltamaschin	ital. malta; Beton; Betoniermaschine
Maturant	ital., maturo, reif; Abiturient

mi kagiert's net	ital., cagare, derb für Notdurft verrichten; es geht mich nichts an; vgl. auch an Kawolo ungeahn
Mischella	ital., miscela, Mischung; Benzin-Gemisch für Kleinmotorräder; auch ein Wein-Spuma-Gemisch
Mona	ital., Trottel; vermeiden Sie, eine Frau namens Simona südlich des Brenners mit ihrem Diminutiv zu rufen; haben selbst deutsche Bundesbürger erlebt, die dies getan haben, und Sie können sich die lachenden Gesichter der Einheimischen vorstellen
du bisch net gônz cento	ital. cento, hundert; ursprünglich aus »al cento per cento«, hundertprozentig; nicht ganz auf der Höhe sein; nicht ganz zurechnungsfähig sein; Variante: net gônz holla sein
Oschpelemuggn	Ausdruck der Verwunderung; wird auch im Zustand der Irritation verwendet
Oschtia	ital., Hostie; Ausdruck, den viele Südtiroler verwenden, um Staunen, Überraschung etc. zu unterstreichen; keine religiöse Andeutung; z.B. »oschtia, des kânnsch decht net mâchn!«

Paschta ibrtian	ital.; Nudel; Nudel ins kochende Salzwasser schmeißen
Pfott	abschätzig für Frau
Tirkamehl	Polenta
Polenta	Tirkamehl
Pollo; du pollo	ital., Hühnchen; jemand, der sich leicht reinlegen lässt
Porzellana	Ausdruck der Bewunderung oder Verwunderung; wird auch im Zustand der Irritation verwendet
prunzn	urinieren; v.a. im Vinschgau verwendet; vgl. soachn
schbrigiern	ital., sich beeilen
schputtaniern	ital., sputtanare; jemanden schlecht machen
soachn	urinieren; heute hat es einen derben Beigeschmack; vgl. prunzn
Spumeral	Spuma-Mineralwasser-Gemisch
Spritz	mit Wasser vermischter Wein; in der Regel Rotwein
Targa	ital.; Autokennzeichen
Huirstel	Würstel; von Italienern mehr oder weniger so ausgesprochen
Zoch	abschätzig für Mann

Einen besonders reichen Wortschatz haben die Südtiroler für zwei Bereiche entwickelt, die hierzulande von existenzieller Bedeutung sind: Alkohol und Sex.

sich besaufen	bsoffn sein; fetzvoll sein; voll sein; zach sein; schleidrn; sich zuabrettrn; lokale Varianten gibt es noch in Unmengen
Sex haben	pempern; mausn; schnagglen; rammln; lokale Varianten gibt es noch in Unmengen

Tolomeis topografische Recherchen

Fährt der Tolomei im Auftrag von Benito Mussolini mit einem Südtiroler durchs Land, um alle Ortsnamen zu italienisieren. Fahren sie bei Klausen vorbei, sagt der Tolomei: »Questo posto si chiama Klausen, allora lo chiamiamo Chiusa.« Bei Brixen wieder: »Brixen, Brixen ... hmmmm ... a si Bressanone.« Bei Sterzing wird er ungeduldig, weil das Ortsschild nicht gut lesbar ist, und fragt den Südtiroler: »E questo posto qua, come si chiama?« – »Wie bitte?«, sagt der Südtiroler. »Bene, allora lo chiamiamo Vipiteno.«

2. Von den Carabinieri

Wer kennt sie nicht, die Carabinieri. Mit ihrer schwarzen Uniform mit den roten Streifen auf der Hose gehören sie zum Inventar einer jeden Gemeinde und sind aus keinem Dorf wegzudenken. Auch in Südtirol sorgen sie für Ruhe und Ordnung, konnten aber nie ganz – zu ihrem Leidwesen – jenen Status erreichen, den ihre Kollegen etwa in Deutschland oder Österreich erreicht haben. »Die Polizei, dein Freund und Helfer« – Diesseits der Alpen würde man sich über derartige Aussagen totlachen. So kommt es, dass trotz ihres oft aufopferungsvollen Einsatzes die Carabinieri auch in Südtirol – vor allem in Südtirol – wegen ihres scheinbaren eher mangelnden Intellekts immer wieder humoristischen Attacken ausgesetzt werden. Dass ab und zu dann die Nerven auch mal nachgeben, ist durchaus verständlich und wir können uns mit unseren Freunden und Helfern solidarisieren. Recht hatte der Carabinieri-Maresciallo, der während eines Unterhaltungsabends einen Bauchredner verbal angriff, weil dieser mit seiner Puppe den x-ten Carabinieri-Witz zum Besten gab. Wütend brüllte er Richtung Bühne: »Schluss! Es ist eine Schande, dass jene, die tagtäglich ihr Leben für das Wohl des Volkes riskieren, die für Sicherheit und Demokratie kämpfen, die morgens nicht wissen, ob sie Frau und Kind je wieder sehen werden, sich immer wieder mit dummen Witzen über die Intelligenz der Carabinieri konfrontieren müssen...!« Der Bauchredner war inzwischen schamrot angelaufen und stammelte erste Entschuldigungsworte, als er nochmals vom wütenden Maresciallo unterbrochen wurde: »Sie da, halten Sie sich raus! Das hier ist lediglich eine Geschichte zwischen mir und diesem Giftzwerg, der auf Ihren Knien sitzt!«

Zwei Carabinieri stehen vor einem Spiegel. »Sieh mal, zwei Kollegen! Lass sie uns begrüßen.« Der andere: »Bleib doch stehen, siehst du nicht, dass *sie* auf uns zukommen?«

Brief einer Carabinieri-Mutter an den Carabinieri-Sohn:
Lieber Sohn,
ich schreibe dir diese wenigen Zeilen, damit du weißt, dass ich dir geschrieben habe. Solltest du diesen Brief erhalten, so bedeutet dies, dass er auch angekommen ist. Solltest du den Brief jedoch nicht erhalten, lasse es mich wissen, und ich werde dir einen neuen schicken. Übrigens: ich schreibe langsam, weil ich weiß, dass du nicht schnell im Lesen bist.
Aber jetzt zu einigen Neuigkeiten, die ich dir mitteilen will. Dein Vater hat vor einiger Zeit in der Zeitung gelesen, dass die meisten Unfälle innerhalb eines Radius von einem Kilometer vom Wohnhaus passieren. Deshalb haben wir beschlossen, etwas weiter entfernt von unserem jetzigen Wohnhaus umzusiedeln. Das neue Haus ist herrlich. Auch eine Waschmaschine befindet sich darin. Ich bin mir aber nicht so sicher, dass sie auch funktioniert. Gestern habe ich die Unterwäsche hineingeworfen, habe dann das Wasser betätigt, aber die Wäsche ist verschwunden.
Das Wetter hier ist nicht besonders schlecht. Letzte Woche hat es zwei Mal geregnet: das erste Mal drei Tage lang und das zweite Mal vier Tage lang.
Was die Jacke angeht, die du wolltest, so meinte dein Onkel, die Knöpfe würden so schwer sein, dass die Postgebühren zu teuer sein würden. Deshalb habe ich die Knöpfe abgetrennt. Wenn du sie wieder annähen möchtest, so findest du sie in der Innentasche der Jacke.
Kürzlich hat dein Bruder sich eine große Dummheit ge-

leistet. Er ist vom Auto ausgestiegen und hat die Schlüssel darin vergessen. Er musste daraufhin nach Hause um den Reserveschlüssel zu besorgen. So konnten dann auch wir vom Auto aussteigen.
Und nun muss ich diesen Brief beenden. Übrigens: Wenn du Anna siehst, überbringe liebe Grüße von mir. Solltest du sie aber nicht sehen, so sage ihr gar nichts.
Deine Mutter, die dich sehr lieb hat!
P. S.: Wollte dir auch etwas Geld mitschicken, aber ich hatte das Kuvert bereits geschlossen.

Mündliche Prüfungssession zur Erlangung des »Brigadiere«-Grads. Der Maresciallo fragt den Appuntato: »Bei wie viel Grad kocht Wasser?« Der Appuntato antwortet, eine gewisse Souveränität zur Schau stellend: »Bei hundert Grad, Herr Maresciallo!« Spöttelnd meint der Maresciallo: »Sie täuschen sich, das Wasser kocht bei neunzig Grad.« – »Aber ich bin mir sicher, dass es bei hundert Grad kocht, Herr Maresciallo, ich hab mich sehr gründlich auf diese Prüfung vorbereitet!« Von der Bestimmtheit des Appuntato verunsichert, holt der Maresciallo Rat in seiner Enzyklopädie, und nach einer Weile verkündet er: »Ach Gott, Herr Appuntato, Sie haben ja recht, Wasser kocht tatsächlich bei hundert Grad. Ich bin etwas durcheinandergekommen und hab die Dinge verwechselt. Bei neunzig Grad kocht doch der rechte Winkel!«

Ein Carabiniere leistet Dienst im Bozner Stadtgericht. Da erspäht er einen Kollegen, der barfuß vor dem Verhandlungssaal steht, in dem gerade ein Fall abgehandelt wird. Von diesem ungewöhnlichen Umstand neugierig geworden, nähert er sich dem Kollegen und fragt ihn, wieso er ohne Schuhe und ohne Socken Dienst leiste. Die Antwort:

»Nichts Besonderes, es handelt sich um eine Anzeige auf freiem Fuß.«

Auch in Südtirol lautet die Notrufnummer 112. Es soll nicht unlängst eine Frau, von der Aufregung durcheinandergebracht, anstatt 1-1-2 die Nummer 2-1-1 angerufen haben. Wie durch ein Wunder ist eine Carabinieri-Streife auch gekommen. Nur halt im Rückwärtsgang.

Welche Antwort soll man unbedingt vermeiden, wenn dich ein Carabiniere fragt, ob du den neuesten Witz kennst? »Nein, ... schieß los!«

Ein Maresciallo und ein Appuntato fahren durch die Bozner Innenstadt auf Streife. Plötzlich werden sie von einem rasenden Auto überholt. Die Verfolgungsjagd beginnt. Weil aber in letzter Zeit immer wieder Probleme mit dem Blaulicht aufgetaucht waren, befahl der Maresciallo dem Appuntato, das Fenster zu öffnen und zu kontrollieren, ob das Blaulicht auch funktioniere. Der Appuntato lehnt sich während der Verfolgung aus dem Fenster, blickt aufs Dach und schreit zum Maresciallo: »Das Blaulicht funktioniert ... Nicht ... Es funktioniert ... Nicht ... Es funktioniert ... Nicht ...«

Ein Carabiniere geht im Auftrag seiner Feundin in die Tabaktrafik, um Zigaretten zu kaufen. Vor ihm steht ein anderer Kunde. Dieser bestellt: »Bitte ein Paket ›Marlboro Oro‹.« Als der Carabiniere an der Reihe ist, bestellt er: »Mir bitte ein Paket ›Muratti Atti‹!«

Wieso lecken die Carabinieri an ihrer Pistole? Weil darauf »Magnum« steht ...

3. Von den Fremmen

Die Südtiroler und die Fremden – die Fremmen, wie sie hierzulande heißen: Das ist ein schwieriges und gerade deshalb vielleicht ein schönes Verhältnis. Deshalb sind sie, die Fremmen, immer wieder Gegenstand humoristischer »Attacken«.

Ein älterer deutscher Urlauber, der eine Alm erreichen wollte, war vom Weg abgekommen (»... bei uns in Deutschland sind die Wege besser gekennzeichnet ...«) und kam in die Nähe eines Weilers, vor welchem Kinder spielten. Mit der Absicht, einen der kleinen Wilden nach dem Weg zur Alm zu fragen, näherte er sich einem der Kleinen: »Du, Kleiner, bist du ein Eingeborener?« – »Na, i hân nou so a finf bis sechs Gschwischtr. Die genaue Zâhl woaß i net.«

Lachen aus der Jahrhundert-Wende

(Ein Italien-Kenner.) Herr (erzählend): »... Es war wirklich schade. Ich hätte mir Venedig gern ordentlich angesehen, aber es herrschte während meines Aufenthaltes daselbst eine solche Überschwemmung, dass man die Häuser nur mittelst Gondeln erreichen konnte!«

Im Restaurant: Dame unwillig zum Kellner: »Aber sehen Sie doch, Sie leeren alle Ihre Sauce auf mein Kleid!« Der Kellner, erschrocken: »Das ist wahr, Madame, aber gedulden Sie sich einen Augenblick, ich werde sofort eine andere Sauce bringen.«

Kellner: »Mit was darf ich dem Herrn aufwarten?«
Gast: »Bringen Sie mir ein Beefsteak, aber ein großes, mich regt nämlich jede Kleinigkeit auf!«

(Abhilfe.) Gast: »Kellner, das Fleisch ist so zähe, dass man es kaum schneiden kann.« Kellner: »Ich werde Ihnen ein schärferes Messer bringen.«

»Das ist doch unerhört! Sie verlangen jetzt acht Taler für ein Zimmer, und in Ihrem Prospekt stand, dass Sie Zimmer für drei und fünf Taler hätten!«
»Na ja – und wie viel ist drei und fünf?«

Zwei deutsche Urlauber marschieren sicheren Schrittes einen Wanderweg entlang, mit der Absicht, eine Alm zu erreichen. An einer Wegegabelung angelangt, halten sie inne, um die korrekte Richtung zu eruieren. In Ermangelung eines Hinweisschildes oder anderer sichtbarer Zeichen, die den beiden strammen Wanderern den Weg zur Alm hin hätten zeigen können, erspähten sie nicht unweit von der Gabelung, auf einer Bank am Wiesenhang sitzend, zwei Bauern älteren Datums, die, in stoischer Ruhe sitzend, ihre Kühe hüteten.
»Hallo, ihr Hirten, können Sie uns den Weg zur Alm zeigen?« Die Bauern schauen sich zunächst an und – schweigend – fixieren sie die Touristen. Verunsichert von der unerwarteten Haltung der Bauern wagen die Urlauber erneut die Frage. Als wieder dieselbe Reaktion erfolgte, kam ihnen ein Zweifel, ob die Bauern des Deutschen überhaupt mächtig seien, und baten erneut um die Information – diesmal in italienischer Sprache. Als wieder die Antwort in einem glotzenden Schweigen bestand, stellten sie die Frage in englischer, dann in wenn auch etwas ge-

brochenem Französisch. Da sie immer noch keine Antwort erhalten hatten, kehrten sie resigniert auf den Wanderweg zurück und versuchten die Alm auf gut Glück zu erreichen. Inzwischen meinte der eine Bauer zum anderen bewundernd: »Mai, dö hâbn viele Sprâchn gredt. Deitsch, Italienisch, Englisch, jo sogor Französisch. Dö hâbn eppes im Köpfl, de Deitschn.« Daraufhin der andere Bauer: »Jo, sel schun, Sprâchn hâbn se viele gekennt, âber wâs hâts ihnen gnutzt?«

Kommt ein Amerikaner nach Südtirol und macht Urlaub auf dem Bauernhof im Schnalstal. Eines Tages sagt der Bauer zum Amerikaner: »Heute fahr ich wieder nach Meran in die Stadt, wenn du willst, nehm ich dich mit, dann kannst du die Stadt besichtigen.« Der Amerikaner nimmt das Angebot dankend an. In Meran bewundert er die vielen schönen Bauten, doch er hat ständig zu meckern: »Bei uns in America, everything is schneller gebaut, the Empire State Building in only 4 months, here they bauen very langsam …« Der Bauer will nicht unhöflich sein und schweigt. Doch immer wieder kritisiert der Amerikaner die langsame Bauweise der Südtiroler. Als sie über den Meraner Pfarrplatz gehen, zeigt der Amerikaner auf die Pfarrkirche und fragt: »Diese church zum Beispiel, wie lange hat es gedauert, bis sie fertig gestellt war?« Der Bauer dreht sich erschrocken um und schreit: »Jesses na, de wor gestern no nit do!« (»Mein lieber Jesus, gestern war sie noch nicht da!«)

Ein deutsches Paar fährt mit dem Auto nach Südtirol, um in der wunderschönen Dolomitengegend Urlaub zu machen. Leider kennen sie sich in der Gegend nicht besonders gut aus und fragen einen Bauer, der an der Straße steht: »Entschuldigen Sie bitte, wissen Sie, wie wir in die Dolomiten kommen?« Darauf der Bauer: »Sell isch gonz oanfoch, fohrsch ba der nächstn Kurva oanfoch Vollgas grodaus!«

Der liebe Gott ist seit 6 Tagen nicht mehr gesehen worden. Am 7. Tag findet der heilige Petrus Gott und fragt: »Wo warst du denn in der letzten Woche?« Gott zeigt nach unten durch die Wolken und sagt stolz: »Schau mal, was ich gemacht habe!« Petrus guckt und fragt: »Was ist das?« Gott antwortet: »Es ist ein Planet und ich habe Leben darauf gesetzt. Ich werde es Erde nennen und es wird eine Stelle unheimlichen Gleichgewichts sein.« »Gleichgewicht?«, fragt Petrus. Gott erklärt, während er auf unterschiedliche Stellen der Erde zeigt: »Zum Beispiel: Nordamerika wird sehr wohlhabend, aber Südamerika sehr arm sein. Dort habe ich einen Kontinent mit weißen Leuten, hier mit Schwarzen. Manche Länder werden sehr warm und trocken, andere werden mit dickem Eis bedeckt sein.« Petrus ist von Gottes Arbeit sehr beeindruckt. Er guckt sich die Erde genauer an und fragt: »Und was ist das hier?« – »Das«, sagt Gott, »das ist Südtirol! Die schönste Stelle auf der ganzen Erde. Da werden nette Leute, traumhafte Seen und Wälder, idyllische Landschaften und gemütliche Kneipen sein und es wird ein Zentrum für Kultur und Geselligkeit werden. Die Leute in Südtirol werden nicht nur schöner, sie werden intelligenter, humorvoller und geschickter sein. Sie werden sehr gesellig, fleißig und leistungsfähig sein.« Petrus ist zutiefst beeindruckt, fragt Gott jedoch: »Aber was ist mit dem Gleichgewicht? Du hast doch gesagt, überall wird Gleichgewicht sein!« – »Mach dir mal keine Sorgen«, sagt Gott, »nebenan ist Österreich.«

Geht der Sepp am Etschufer entlang spazieren und sieht einen Mann, der sich am gegenüberliegenden Ufer zum Fluss hin bückt und vom Wasser trinken will. Ganz beunruhigt schreit der Sepp hinüber: »Oooooouuuuu faaahlts dir, des Wosso konnsch decht net saufn, kriogsch jo olla meglichn Zuistände, vo do Flitze bis Schepps-Weha, i tat do holt rotn des obo schleinigscht zi lossn!« *(»He, sag einmal, spinnst du, du kannst doch das Wasser nicht trinken, du kriegst alle möglichen Krankheiten, von Durchfall bis zu Kopfschmerzen, ich rate dir, es sofort zu unterlassen!«)* Der andere schaut kommentarlos zum Sepp, auf dass dieser lauter wird: »Oschtia, wearsch woll wissn, dass des net saufn konnsch ... wearsch schun segn ... so ein Pollo ...« *(»Du wirst doch wissen, dass man es nicht trinken kann ... du wirst schon sehen ... so ein Depp ...«)* Nun schreit der andere von der anderen Uferseite zum Sepp herüber: »Bitte ... was haben Sie gesagt? Ich habe Sie nicht verstanden! Können Sie das noch mal wiederholen?« Der Sepp bekommt ein leichtes Schmunzeln auf seine Lippen und schreit in perfektem Hochdeutsch zurück: »Ich wollte Ihnen nur sagen, dass Sie sich das gute Wasser schmecken lassen sollen, es wird nachgesagt, dass dieses Wasser gesundheitlich von Nutzen sei! Wohl bekomms!« Der Tourist: »Danke Ihnen, gesundes Wasser, sehr freundliche Leute ... schön, dieses Südtirol!«

Der Bauer steht im Stall, um nach den Kühen zu sehen. Da hört er einen lauten Schrei aus dem Hof. Als er nachsieht, was geschehen ist, steht der Seppl, der Knecht, im Hof. Der Bauer fragt ganz verwundert: »Du Sepp, wos ischn passiert, do hot jemand grot gonz laut gschriern!« *(»Du Sepp, was ist passiert? Es hat jemand ganz laut geschrien!«)* Darauf der Sepp: »Woasch, do isch grot a Deitscher vorbeikemmen und hot mi gfrog *(»Weißt du, es ist eben ein Deutscher vorbeigekommen und mich gefragt«)*: ›Werter Herr, könnten Sie mir vielleicht 'n Ei abtreten?‹ Und i, woasch woll, mit meine grobn Knoschpn, hon glai olle beade getroffen!« *(»Und ich, das kannst du dir vorstellen, habe mit meinen groben Schuhen eben alle beide getroffen!«)*

Fliegen ein Franzose, ein Amerikaner, ein Italiener und ein Südtiroler Schütze nach Japan. Sie fliegen über den Himalaja, als das Flugzeug einen Triebwerkschaden hat. Der Pilot verkündet: »Es muss sofort jemand aus dem Flugzeug springen, wir kommen ansonsten nicht über den Berg! A propos: Sie befinden sich auf einem Billigflug und deshalb haben wir keine Fallschirme an Bord.« Stille. Nach zwei langen Sekunden steht der Franzose auf und springt mit den Worten: »Pour la patrie!« Kurz darauf wieder eine Durchsage: »Es muss sofort ein anderer von Bord, wir schaffen nicht die Höhe!« Wieder Stille. Der Amerikaner rafft sich auf und springt mit den Worten: »For god and country!« Nach einer Weile erklingen wieder die Lautsprecher: »Es muss jemand springen, wir kommen ansonsten nicht über den Berg!« Und erneut Stille. Plötzlich packt der Schütze den Italiener und wirft diesen kopfüber aus dem Flugzeug: »Fürs Vaterland!«

4. Von Frauen und Männern

In Südtirol zirkulieren einige interessante Frauenwitze und einige wenige Männerwitze. Dies mag daran liegen, dass sich die Männer durch die Witze einen virtuellen Freiraum schaffen, da, wie kann es auch anders sein, in Südtirol zum Glück die Frauen immer das letzte Wort haben.

Lachen aus der Jahrhundert-Wende

Große Schmeichelei. »Aber Herr Leutnant, wenn Sie nicht bald aufhören, muss ich mir die Ohren zuhalten.« – Leutnant: »Ach, diese kleinen Händchen da würden Ihre Ohren gar nicht bedecken.«

In der Verlegenheit. Auf einem Balle setzte sich ein Herr aus Versehen auf ein Bouquet, das eine Dame daselbst zurückgelassen hatte. »Bitte tausendmal um Entschuldigung, mein Fräulein!«, stammelte er. – »Bitte! Bitte!«, erwiderte diese, »man kann ja die Augen nicht überall haben.«

Arzt: »Na wie geht es denn, alter Freund?«
Junger Ehemann: »Ach, nicht so gut, du sollst mir nur einige Tage Diät verschreiben, bis wir eine neue Köchin haben – meine Frau will nämlich heute und morgen selbst kochen.«

»So, so, spielt deine Frau Klavier?« B.: »Das nicht, aber die erste Geige im Haus!«

»Was? Ihre Frau ist durchgegangen und Sie sitzen ruhig da und trinken Wein?« – »Warum soll ich nicht? Bis jetzt ist sie ja noch nicht wiedergekommen!«

Herr: »Sie sind heute so nachdenklich, meine Gnädige?«
Dame: »Ja, denken Sie, hätte schreckliches Malheur haben können, bin aber noch mit einem blauen Auge davongekommen!«
Herr:« Ah, habe eben dieses reizende blaue Auge bewundert!«

Junger Ehemann: »Du entwickelst dich wirklich zu einer vorzüglichen Hausfrau. Wir haben in den ersten drei Wochen dieses Monats nur halb so viele Ausgaben gehabt wie früher. Wie hast du das nur möglich gemacht?«
Junge Frau: »Ich habe anschreiben lassen.«

»Dass der alte Herr Rat gar nicht aus dem Wirtshaus nach Hause geht, begreife ich nicht. Er hat doch ein trautes Heim.« – »Ja, aber er traut sich nicht heim.«

Sparsamkeit: Er: »Klara, deine Schneiderrechnung ist wieder ungewöhnlich groß – ich dachte, wir wollen uns einschränken?« Sie: »Freilich, du hast ja auch das Rauchen und das Trinken aufgegeben.«

(Gut geantwortet.) Sie: »Musst du denn jeden Abend in deine Stammkneipe gehen? Bleib doch heute mal zu Haus, hier ist es ja auch gemütlich!« Er: »Aber, Kind, in meiner Stammkneipe bin ich ja so gut wie zu Hause!«

»Sie finden das Gebiss Ihrer Frau Gemahlin zu teuer, Herr Direktor? Glauben Sie mir, Sie werden sich erst überzeugen, wie wertvoll es ist. Im Anfang wird zwar Ihre werte Frau durch einige Wochen nicht gut sprechen können, aber nachher …«
»Lassen Sie nur, Herr Doktor! Wenn dem so ist, finde ich

das Gebiss gar nicht mehr teuer und werde alle paar Wochen bei Ihnen ein neues für meine Frau bestellen.«

»Kann ich Ihre Gattin sprechen?« – »Versuchen Sie es doch mal, aber ob sie Sie zu Worte kommen lässt, dafür kann ich nicht garantieren.«

Und Neueres ...

Ein Mann sitzt in einem rappelvollen Flugzeug. Nur der Platz neben ihm ist noch frei. Da kommt durch den Gang eine wunderschöne Frau und setzt sich neben ihn. Der Mann kann es kaum aushalten. »Entschuldigung«, sagt er, »und warum fliegen Sie nach Hamburg?« – »Ich fliege zum Sex-Kongress«, sagt sie. »Ich werde dort einen Vortrag halten und mit einigen Vorurteilen aufräumen. Viele Leute glauben zum Beispiel, die Schwarzen seien besonders prächtig ausgestattet, dabei sind es eher die amerikanischen Ureinwohner, die Indianer, bei denen dies so ist. Und viele glauben, die Franzosen seien die besten Liebhaber. Dabei gibt's ein Urvolk, die Südtiroler, die ihren Frauen den meisten Spaß am Sex geben ... Aber ich weiß gar nicht, warum ich Ihnen das alles erzähle, ich kenne ja nicht einmal Ihren Namen.« Der Mann streckt die Hand aus: »Winnetou«, sagt er, »Winnetou Tschurtschenthaler!«

5. Von Gsiesern, Sarnern und anderen Südtirolern

Die Sarner und die Gsieser gehören zu den letzten echten Bergvölkern Europas. Sie sind bekannt für ihre Schlauheit und Schlagfertigkeit. So mancher Spruch geht in Südtirol von ihnen die Runde. Manche behaupten auch, sie seien die Ostfriesen Südtirols und bieten deswegen manche leckere Anekdote und lustigen Schwank.

Zwei Gsieser Bauern treffen sich auf einen Kaffee. Der eine Bauer kommt mit einem Porsche angerast.
»Wos tuaschn du mit dem Porsche?«
(»*Was tust du mit einem Porsche?*«), fragt der andere.
»Na, du glabsch nit, wos mor grod passiert isch. I bin iaz za Fuaß hergongen und aufuanmol holtet so a schneidigs Weibez mit an Porsche nebn mir und frog, ob i mitfoahrn will. ›Logisch!‹, sog i. Donn isch sie mit mir in Wold innigfoahrn, steig fan Auto aus, ziachts Hesl oi und sog: ›Iaz konnsch olls fa mir hobn!‹. Nor hon i logisch in Porsche gnummen.«
(»*Du glaubst gar nicht, was mir eben passiert ist. Ich war zu Fuß unterwegs, als auf einmal eine hübsche Frau mit einem Porsche anhält und mich fragt, ob ich mitfahren möchte. ›Logisch!‹, sage ich. Dann ist sie mit mir in den Wald gefahren, steigt aus dem Auto, zieht sich das Höschen aus und meint: ›Jetzt kannst du alles von mir haben!‹ Ich habe logischerweise den Porsche genommen.*«)
Da meint der andere Bauer: »Jo, recht hosch kob. Is Hesl wardo sicho et gong.«
(»*Ja, du hast recht gehabt. Das Höschen wäre dir sicherlich zu klein gewesen.*«)

Ein Pseirer fährt auf der »MeBo«, die Schnellstraße, die Meran und Bozen verbindet. Im Radio hört er die Meldung: »Achtung Autofahrer, auf der Schnellstraße Meran–Bozen kommt Ihnen ein Geisterfahrer entgegen. Bitte fahren Sie vorsichtig und überholen Sie nicht!« Und der Pseirer innerlich: »Wia UANER, do sein jo gonz viele, hou!!!«

Fährt ein Ultner LKW-Fahrer ins Eggental. An der Taleinfahrt kommt er an einem Straßenarbeiter vorbei, der ihm freundlicherweise mitteilt, dass man mit diesem großen Fahrzeug im Eggental nirgendwo wenden kann, da das Tal so eng ist. Der schlaue Ultner wendet prompt und fährt rückwärts ins Tal bis zu seinem Zielort. Nach 5 Stunden (für ca. 6 km) kommt er wieder am selben Straßenarbeiter vorbei. Dieser wundert sich und fragt: »Warum bist du denn wieder rückwärts herausgefahren?« Antwortet der Ultner stolz: »Ich hab's doch geschafft zu wenden!«

Ein Gsieser trifft sich mit einem Gsieser Freund, nachdem dieser bei der Fahrschulprüfung durchgefallen ist.
»Wia isch es ba do Forschuilprüfung gong?«
(»*Wie ist es bei der Fahrschulprüfung gegangen?*«)
»Letz – i bin tin an Kreisvokiahr kemm, semm isch a Schild gstondn mit ›30‹, i bin dreißig Mol die Runde gfohrn, do Prüfa hot gsogt ›unholtn‹ – und gflogn.«
(»*Schlecht – ich bin zu einem Kreisverkehr angekommen, wo ein Straßenschild mit ›30‹ stand, ich bin dreißig Mal die Runde gefahren, der Prüfer hat gesagt: ›anhalten‹ – und durchgefallen.*«)
Der andere Gsieser meint daraufhin: »Sell gibt's net, semm hosch di sicho lei vozählt!«
(»*Das gibt es doch nicht, du hast dich sicher nur verzählt!*«)

Ein Sarner geht in ein Lokal, bestellt vier Bier und trinkt sie alle vier af ex oi.
Fragt ihn der Wirt:
»Wos saufschn so tiggisch?«
(»*Wieso trinkst du so wild?*«)
Antwortet der Sarner:
»Jo mein Kolleg isch Amerika ummi und nor hom mir ausgemocht: er sauft entn fir mi mit, und i do fir ihn.«
(»*Mein Freund ist nach Amerika und wir haben vereinbart, dass er drüben für mich und ich hier für ihn trinke.*«)
Nach einer Woche kommt der Sarner erneut in das Lokal und bestellt nur mehr zwei Bier.
Fragt der Wirt:
»Jo wos ischn lous, isch epper in dein Kolleg eppes passiert?«
(»*Was ist los, ist vielleicht deinem Freund etwas zugestoßen?*«)
Erwidert der Sarner:
»Nana, obor mir hot dor Doktor es Saufn verbotn ...«
(»*Nein, aber der Arzt hat mir das Trinken verboten ...*«)

Kommt ein Sarner nach Bozen und sieht ein Loch in der Straße. Er fragt einen Carabiniere, was da los sei. Der Carabiniere erklärt: »Da haben wir ein 100 Jahre altes Telefonkabel gefunden. Das heißt, in Bozen hatten wir schon vor 100 Jahren Kabeltelefon!«
Darauf erwidert der Sarner: »Isch jo no gar nix, bei ins im Sarntal hot man koan Kabl gfundn. Des hoaßt, dass mir schun vor 100 Johr Handys gehob hobn!«
(»*Das ist doch gar nichts. Bei uns im Sarntal hat man überhaupt keine Kabel gefunden. Das heißt, dass wir schon vor hundert Jahren Handys hatten!*«)

Geht ein Sarner in die Stadt und zieht ein Seil nach. Ein Bozner fragt ihn: »Wieso ziehst dieses Seil nach?« Darauf der Sarner:
»Schiebn kantis nia.«
(»*Ich könnte es doch nicht schieben.*«)

Warum hängen die Gsieser immer die Türen der Auto aus? Damit sie nicht immer die Fenster öffnen und schließen müssen!

Warum haben di Gsieser immer ein Messer im Auto? Damit sie die Kurven schneiden können!

Warum rennt ein Gsieser vor dem Schlafengehen drei Mal um das Haus? Wenn Einbrecher kommen, hat er bereits einen Vorsprung!

Wieso spannen die Gsieser Stacheldraht um die Badewanne? Damit sie nicht zu weit hinausschwimmen.

Wieso hängen die Gsieser die Tür vom Klo aus, wenn sie dieses benützen? Damit niemand durch das Schlüsselloch schauen kann.

Wie machen die Gsieser ein Familienfoto? Sie fahren mit 200 km/h am Autovelox vorbei und lachen alle aus der Heckscheibe hinaus.

Warum stellen sich Gsieser immer nackt in den Garten? Damit die Erdbeeren rot werden!

Wieso nimmt ein Gsieser immer einen Stein und ein Zündholz mit ins Bett?

Den Stein wirft er gegen die Glühbirne, damit das Licht ausgeht, und mit dem Zündholz schaut er nach, ob er getroffen hat ...

Wie fängt ein Gsieser eine Fliege? Er jagt sie in das Unterdach und nimmt die Leiter weg.

Wie machen die Gsieser Marmelade? Sie pressen die Marmelade von den Faschingskrapfen aus.

Warum fahren die Gsieser rückwärts ins Tal?
Damit Sie das Auto für das Hinausfahren nicht umkehren müssen.

Do sig a Gsiesa, wease in Boazn Strommastn austelln, noa moant do Gsiesa:«Glabas net, do schliefn enk die Kiea drunto durch?«

Ein Franzose und ein Gsieser stehen auf der Europabrücke. Der Gsieser meint:
»Ma, i wur de Brugge schu gearn a fa unte segn ... Woasch wos? Du hebsch mi ba di Hosnkragsn und i lossme oggn.«
(*»Ich würde die Brücke gerne von unten sehen ... Weißt du was? Du hältst mich bei den Hosenträgern und lässt mich hinunterhängen.*)
Während der Gsieser in der Luft hängt, fängt er plötzlich zu lachen an. Daraufhin fragt ihn der Franzose:
»Wieso lachst du?«
Der Gsieser: »Stell dr vor, wenni itz di Hosnkragsn aushengat, noa schnoltzatnse dir ins Gsicht!«
(*»Stell dir vor, wenn sich die Hosenträger aushängen würden, würden sie dir voll in das Gesicht schnellen!«*)

Wie fangen die Gsieser die Ratten? Sie jagen die Tiere unter das Bett und schneiden dann die Bettfüße ab.

Wieso bauen die Gsieser runde Häuser? Damit niemand in die Ecke scheißt.

Wieso stellen die Gsieser die Solarzellenplatten auf der Schattenseite auf? Ja, weil sie auch kaltes Wasser benötigen.

Fährt ein Gsieser nächtens mit seinem Motorrad Richtung Gsies. Auf einer langen Geraden sieht er zwei Scheinwerfer entgegenkommen und denkt sich:
»In de wer i its Ongscht mochn«
(»*Denen werde ich jetzt Angst einjagen*«)
und er fährt mitten durch! Nach einer Woche wacht er im Krankenhaus von dem Koma auf und meint:
»Alla wortit wenn i des Schwein dowisch, der wos is Liecht net ingscholtn kop hot ...«
(»*Warte nur, wenn ich das Schwein erwische, das den Scheinwerfer nicht eingeschaltet hatte...*«)

Zwei Dachdecker, ein Gsieser und ein Toblacher, sind auf einem Dach bei der Arbeit. Auf einmal fängt es zu regnen an. Natürlich wird es auf dem Dach rutschig und die beiden verlieren den Halt und rumpeln das Dach hinunter. Glücklicherweise können sie sich an der Dachrinne gerade noch festhalten. Aber die scheint jeden Moment reißen zu können. Die Dachdecker beginnen sich also zu streiten, wer von den beiden nachlassen solle, da die Dachrinne einen Menschen vielleicht aushalten könne. Da kommt dem Toblacher eine Idee. Er singt: »LIFE IS LIFE!« Und der Gsieser klatscht in die Hände und antwortet: »NA NA NA NA NA!«

Gsies erklärt Russland den Krieg. In der Kriegserklärung schreiben die Gsieser: Fünfzig Schützen mit alten Flinten. Russland schreibt zurück: Drei Millionen Elitesoldaten mit modernsten Waffen ausgerüstet. Gsies meldet wiederum: Drei Traktoren mit jeweils Platz für drei Leute. Russland: Fünfzigtausend Panzer mit Nuklearmunition. Daraufhin melden die Gsieser: Krieg abgebrochen. Russland: Warum? Gsies: Kein Platz für die Gefangenen.

Ein Gsieser soll im ganzen Tal die Straßenmarkierungen nachmalen. Am ersten Tag schafft er dreißig Markierungen und der Auftraggeber ist sehr zufrieden. Am zweiten Tag malt er nur mehr fünfzehn Markierungen nach, der Auftraggeber denkt sich dabei, dass es doch noch eine gute Leistung sei. Am dritten Tag macht er lediglich eine Markierung und der Auftraggeber ist nicht mehr zufrieden und möchte eine Erklärung für den Leistungseinbruch. Daraufhin der Gsieser: »Jo wuasch, wie weit i iaz bis zin Forbkiebl untowegsn bin …?«
(*»Ja weißt du denn, wie lange ich jetzt jedes Mal zum Farbkübel unterwegs bin …?*)

Wieso dreht ein Gsieser beim Stereo immer die volle Lautstärke auf? Weil unter dem Schaltknopf »volume« steht – voll umme! (voll herum)

Also, da läuft ein Welsberger zum Gsieser: »Gsiesa, Gsiesa, schau, af dain Feld pockt ando dai Frau!«
(*»Gsieser, Gsieser, schau, jemand hat auf deinem Feld Sex mit deiner Frau!«*)
Der Gsieser geht zum Fenster hin, schaut hinaus:
»Na, du Tepp!! Des isch jo etamo mai Feld!«
(*»Nein, du Depp! Das ist doch gar nicht mein Feld!«*)

Kommt ein Gsieser in den Himmel und sieht lauter Uhren hängen, auf denen die Dorfnamen stehen. Der Gsieser fragt Petrus:
»Wos seinen de gonzn Uhrn mit die Dorfnumen und wieso zagn olla a ondra Zeit un?«
(»*Was bedeuten die Uhren mit den Dorfnamen und wieso zeigen sie alle eine andere Zeit an?*«)
Petrus erklärt dem Gsieser:
»Jedes Mal wenn in einem Dorf ein Depp geboren wird, geht der Zeiger weiter.«
Der Gsieser: »Aha ... Wo ischen de fa Gsies?«
(»*Ach so ... Wo ist denn die Gsieser Uhr?*«)
Petrus: »Die hängt in der Küche als Ventilator.«

Also, es ist Abend und zwei Gsieser liegen auf einer Wiese, den Himmel beobachtend. Fragt der eine den anderen:
»Du, wos isch eigntlich weita weg: do mond odo london?«
(»*Du, was ist eigentlich entfernter: der Mond oder London?*«)
Der andere sieht ihn ganz mitleidsvoll an und erwidert:
»Haaaallllooooo??? Jo logisch London, odo konnsch du se fa do epa segn?«
(»*Hallo? Logischerweise London, oder kannst du es von hier aus etwa sehen?*«)

Ein Gsieser fährt nach Innsbruck. Als er zurückkommt, fragt ihn ein anderer Gsieser, wie er gefahren sei: über den Reschen oder über den Brenner. Der eine antwortet prompt:
»Na, na, ibo Pfingschtn bine gfohrn!«
(»*Nein, nein, ich bin über Pfingsten gefahren!*«)

Ein Gsieser geht zu einem Welsberger Mechaniker und sagt ihm:
»I will mein Auto vokafn.«
(*»Ich will mein Auto verkaufen.«*) Der Mechaniker: »Wie viele Kilometer hat des Auto?« Der Gsieser meint: »Jo 380 000.« Daraufhin der Mechaniker: »Mein lieber Gott, sem werd wohl nich mit an Vokauf. Obo lossmo is Auto ibos Wochnende dou, nuar stellido in Kilometostond awin hinto.«
(*»Mein lieber Gott, so wird es wohl nichts mit einem Verkauf. Aber lass mir das Auto über das Wochenende hier und ich verändere den Kilometerstand nach hinten.«*)
»Okay«, nickt der Gsieser einverstanden. Am Montag kommt der Gsieser wieder und der Autotachometer zeigt nur mehr 80 000 km an. Nach ein paar Wochen trifft der Mechaniker den Gsieser erneut und fragt ihn:
»Und, hosche is Auto vokaft?«
(*»Und, hast du das Auto verkauft?«*)
»Spinsche, mansch i vokaf a Auto mit 80 000 km?!«
(*»Spinnst du, meinst du, ich verkaufe ein Auto, das 80 000 km hat!?«*)

Warum kauft ein Gsieser keinen Panda 4x4? Weil die Garage nur 3x3 ist.

Was sind 99 Gsieser? Nicht ganz cento. (nicht ganz »cento« sein = nicht ganz auf der Höhe sein)

Ein Gsieser kommt nach Welsberg und geht zum Obstmarkt. Dort kommt er zu einem Stand und sieht Kiwis, die man in Gsies natürlich nicht kennt. Deswegen fragt er die Verkäuferin: »Wos ischen des Braune do?«
(*»Was ist das Braune da?«*)

Die Verkäuferin: »Des sein Kiwis, dei wern ingfiart!«
(»*Das sind Kiwis, sie werden eingeführt!*«)
Der Gsiaser: »Ajojo se onimo wo glei gidenkt dassman dei et essn konn!«
(»*Ach ja, ich hab's mir gleich gedacht, dass man sie nicht essen kann!*«)

Wieso gibt es in Gsies hinter den Bäumen Skelette? Weil man die Armen beim Versteckspiel vergessen hat.

Die Carabinieri halten einen Sarner auf. Langsam gehen sie auf das Auto zu, leuchten hinein, schauen den Fahrer an und nach einer Weile sagen sie zu ihm: »Wir suchen einen Vergewaltiger.« Anschließend lassen die Carabinieri den Sarner wieder fahren. Nach einer Viertelstunde kommt der Sarner wieder, er stoppt sein Auto vor der Carabinieri-Streife und meint: »Okay! I tuas!« (»Okay! Ich tu es!«)

Die Vinschger sind nicht sonderlich gesprächig. Das ist allgemein bekannt. So wie man ihnen nachsagt, sie lügten besonders gerne. Aber darum soll es hier nicht gehen. Ein typischer Vinschger-Dialog ereignete sich während einer Busfahrt von Schlanders nach Kastellbell zwischen zwei älteren Herren. Nachdem sie eingestiegen waren, setzten sie sich nebeneinander und nach einer Weile Busfahrt meinte der eine: »Jou, jou ...«, worauf der andere erwiderte: »Sel woll, sel ...« In Latsch angekommen meinte wiederum der eine: »Hmhm ...«, der andere wieder antwortete mit einem: »Jo, freilich ...« Als der Bus in Kastellbell ankam, verabschiedete sich der eine: »Pfiati gel, und nix fir unguat.«

Solchen Gesprächen (die viel mehr beinhalten, als man glauben möchte) kann man zuweilen auch in x-beliebigen Vinschger Dorfgasthäusern lauschen.

Übrigens, die Busse in Südtirol gehören größtenteils der SAD-Gesellschaft (Südtirol Auto Dienste). Mein Oberschulprofessor für Deutsch und Latein bezeichnete deren Chauffeure, ein bisschen ihrer Fahrweise wegen, ein bisschen, weil es sprachlich logisch ist, stets als SAD-isten.

6. Von Jägern, Bauern und Mägden

Südtirol, als Bergland, ist geprägt von der Landwirtschaft und Jagd. Jedermann ist ein Jäger oder Metzger, sofern nicht Vegetarier. Entsprechend haben sich Jäger, Bauern, Mägde in der Witzelandschaft etabliert.

Lachen aus der Jahrhundert-Wende

Förster: »Haben Sie den Treiber getroffen, den ich Ihnen entgegengeschickt habe?« Sonntagsjäger: »Ja!« Förster: »Wo?« Sonntagsjäger: »In die rechte Wade!«

Förster zum Sonntagsjäger: »Donnerwetter ... Sie haben ja den jungen Studenten angeschossen!« – »Heute ist ja auch keine Fuchsjagd!«

Sonntagsjäger: »Sakrament ... wieder gefehlt! Ich glaube, ich lerne nie in meinem Leben einen Hasen schießen!« Förster: »Nur die Hoffnung nicht verlieren, probieren Sie es mal auf der Kegelbahn!«

Förster: »Haben Sie Glück auf der Jagd?« Jäger: »Oh ja! Ich habe neulich an einem Tag 13 Enten geschossen.« Förster: »Waren sie wild?« Jäger: »Die Enten nicht; aber der Bauer, dem ich sie totgeschossen habe, war sehr wild.«

Sie: »Ach, Oskar, als ich doch vorhin den gefährlichen Felsgipfel herabklettern sah, zerriss es mir das Herz.« Er: »Und mir die Hose.«

Erster Jäger: »Du, wer war der alte Bauer, der dich soeben so freundlich grüßte?« Zweiter Jäger: »Oh, ein alter Bekannter, den hab ich voriges Jahr dreimal angeschossen.«

Ein Viehhändler telegrafiert seinem Kunden: »Morgen alle Schweine am Bahnhof. Erwarte Sie auch. Komme erst später, da Schnellzug kein Rindvieh mitnimmt. Ochsen im Preis gestiegen. Wenn Sie solche brauchen, denken Sie an mich.«

Eine Bäuerin klagt dem Pfarrer: »Vor dem Heiraten versprach mir mein Mann, er würde für mich die Sterne vom Himmel holen. Heute holt er mir nicht einmal das Holz für die Küche.«

Arzt: »Guter Bauer, Ihre Frau hat eine Stoffwechselkrankheit.« Bauer: »Ich hab's doch gedacht. Jedes Vierteljahr wollte sie einen neuen Hut.«

Der Bauer und sein Knecht sind auf dem Feld bei der Arbeit. Auf einmal ziehen Wolken auf und es sieht danach aus, als würde ein Gewitter kommen. Da sagt der Knecht zum Bauern: »Du, wennmo ins ietz et schlein, wermo platschnoss!« *(»Du, wenn wir uns jetzt nicht beeilen, werden wir vollkommen nass werden!«)* Sagt der Bauer: »Nocha geahsch mir gscheida ins Haus und holschmo meina Gummistiefl!« *(»Dann geh lieber ins Haus und hol mir meine Gummistiefel!«)* Da meint der Knecht: »Wieso i? Holsedo selbo!« *(»Wieso ich? Hole dir sie selber!«)* Daraufhin schaut der Bauer ganz finster drein und stellt die hierarchischen Rollen klar: »Bin i do Baur odo bisch du sel?« *(»Bin ich der Bauer oder bist es du?«)* Verwirrt und irritiert geht der Knecht ins Haus. In der Stube sitzen die

Bäuerin und ihre schneidige Tochter. Da sagt der Knecht: »Do Baur hot gsog, es sollt enk nockat oziechn und i soll enk noa amol richtig durchpempon!« *(»Der Bauer hat gesagt, ihr sollt euch ausziehen und ich soll es mit euch mal so richtig treiben!«)* Die Frauen schauen sich an und die Bäurin fragt verwundert: »Na, sel glabi et, so eppas tat do Baur sicho nie sogn!« *(»Nein, das glaube ich nicht, so etwas würde der Bauer sicherlich nicht sagen!«)* »Woll« *(»Doch«)*, sagt der Knecht, »obo i konn ihn jo sichoheitsholbo noamol frogn!« *(»aber ich kann ihn ja sicherheitshalber noch einmal fragen!«)* Er reißt das Stubenfenster auf, die Bäuerin steht daneben und der Knecht schreit zum Feld: »Baur, boade?« *(»Bauer, beide?«)* Der Bauer dreht sich zum Knecht um und schreit zurück: »Se jo boada, du Tepp!« *(»Ja doch, beide, du Depp!«)*

Ein alter Bauer aus Prettau liegt im Sterben und der Dorfpfarrer kommt vorbei, um die Letzte Ölung vorzunehmen. Die letzten Kräfte aufbringend, fragt der Bauer den Pfarrer, ob dieser glaube, er, der Bauer, käme in den Himmel. Der Pfarrer antwortet beruhigend, dass der Bauer sein ganzes Leben lang fest gearbeitet und immer als guter Christ gelebt habe, und deshalb würde ihn der Herrgott mit Sicherheit aufnehmen. Der Bauer aber zweifelt daran, weil er am Tag zuvor von der SVP ausgetreten sei. Der Pfarrer meint, wiederum beruhigend, dass dies keine Sünde sei und deshalb kein Problem bestünde. Der Bauer fügt aber noch an, dass er stattdessen Forza Italia beigetreten sei. Der Pfarrer fragt den Bauern nun ganz erschrocken, wie er nur auf diese Idee kommen konnte. »Jo wuasche« *(»Ja, weißt du«)*, antwortet der Bauer, »i hon mo holt gidenkt, wenn i schun stirb, nua sötts wenigschtns uan fa do Forza Italia dowischn!« *(»ich hab mir halt gedacht, wenn ich schon sterbe, dann soll es wenigstens jemanden von der Forza Italia erwischen!«)*

Sagt der Bauer zur Bäuerin: »Wenn du oubn a bissl mear zui hasch, donn brauchetmor a Kua wianiger!« *(»Wenn du oben ein bisschen mehr hättest, bräuchten wir eine Kuh weniger!«)*
Sagt die Bäuerin:« Und wenn du unten a biss mear zui hasch, brauchetmor an Knecht wianiger!« *(»Und wenn du unten ein bisschen mehr hättest, bräuchten wir einen Knecht weniger!«)*

Wieso gehen Südtirols Jäger nie in die Kirche?
Weil sie mit dem Auto nicht ganz nach vor fahren dürfen!

Zwei Jäger aus dem Unterland stehen zum ersten Mal auf ihrem neuen Jagdstand, unweit der Eisenbahngeleise, und spähen mit ihren Ferngläsern nach Wild, das sie zu schießen gedenken. An diesem Tag tut sich wenig, Wild entdecken die beiden nicht. So vergeht die Zeit und nichts passiert. Bis auf einmal ein Furcht einflößendes Geräusch den Eurostar der italienischen Eisenbahn ankündigt, der mit 200 km/h an den beiden Jägern vorbeischießt. Da meint der eine Jäger vollkommen verstört: »Hui! Hosch gsechn, wia schnell dia Lok wor?« *(»Hast du gesehen, wie schnell die Lokomotive war?«)* Und der andere, ebenso verstört: »Jo, jo, obr die Wagon sein a net grod longsom unterwegs gwesn!« *(»Ja, ja, aber die Waggons waren auch nicht gerade langsam unterwegs!«)*

Südtirol ist das Land der Bergsteiger. Namen wie Ötzi, Luis Trenker und Reinhold Messner fallen dabei sofort ins Gewicht. Einer der ersten Südtiroler Bergsteiger war Ötzi, der aber leider vor 6000 Jahren im Ötztal stecken geblieben ist und erst im Jahre 1991 am 19. September sich wieder finden ließ. Weitere berühmte Bergkletterer sind Reinhold Messner und Luis Trenker. Luis Trenker hat mit seiner Filmpartnerin Leni Riefenstahl den großen Durchbruch während der dreißiger Jahre erlebt. Ein anderer Bergsteiger, der alle 14 Achttausender bestiegen hat, erlangte auch Berühmtheit durch seine Partner, und zwar den Yetis.

Was ist der Unterschied zwischen Ötzi und einer sehr cleveren Blondine?
Ötzi wurde gefunden.

Nach genauen Untersuchungen von Ötzi steht fest, dass Ötzi doch kein Südtiroler war. Es wurden Reste von Gehirn gefunden.

Bei den letzten Untersuchungen an dem Steinzeitrelikt Ötzi wurde die Nationalität festgestellt. Es wird angenommen, dass es sich bei ihm um einen Holländer handelt. Nur Holländer können so verrückt sein und gehen mit Sandalen zum Wandern und Klettern in die Berge.

Da treffen sich zwei Yetis am Himalaya, ganz in der Nähe des Mount Everest. Sagt der eine zum anderen: »Du, ich hab den Messner gesehen.« Darauf der andere: »Gibt es den wirklich?«

Reinhold Messner ist bei der Landesregierung in Bozen und bittet den Landespolitiker Hugo Frasnelli um eine Spende für die nächste Himalaja-Expedition. Frasnelli, der sich nicht ganz toll mit dem Landeshauptmann Luis Durnwalder versteht, antwortet: »Waren Sie schon beim Landeshauptmann?« – »Ja, der hat mir 10 000 Euro gegeben.« – »Was, so viel?« – »Ja! Außerdem kriege ich noch mal 20 000 Euro, wenn ich Sie mitnehme. Und 50 000 Euro, wenn ich Sie dort lasse!«

7. Von Lausbuben, Schülern und Lehrern

Dass Südtirols Schüler neben den Finnen und den Koreanern zu den Besten laut Pisastudie gehören, zeigen auch diese recht erfrischenden Witze. Ihre Schlagfertigkeit beweist, dass die Pisastudie nicht so falsch liegen kann.

Lachen aus der Jahrhundert-Wende

Lehrer, welcher mit seinen Schülern das siebte Gebot besprochen hat: »Also Fritz, wenn du drei Äpfel hast, und sie werden dir mit Absicht heimlich fortgenommen, was ist das?« Der kleine Fritz: »Eine Gemeinheit!«

Die kleine Marie: »Mama, essen wir nicht bald zu Mittag? Ich habe Hunger.« – »Gewiss, Kind, das dauert noch so lange, bis der Franz aus der Schule kommt.« – »Ach, Mama. Franz hat ja noch zwei Jahre zur Schule zu gehen.«

Lehrer: »Wir haben jetzt gelernt, dass die Vögel Eier legen. Was für eine Tiergattung gibt es noch, die auch Eier legen?« Schüler: »Die Hasen – zu Ostern!«

Student: »Das kann ich nicht begreifen, wie Kant behaupten kann, es gäbe keinen leeren Raum in der Welt, besonders wenn ich so am Ende meines Monats meinen leeren Geldbeutel betrachte.«

Examen: Der Professor: »In welcher seiner Schlachten wurde Graf Haselberg getötet?« Kandidat: »Ich glaube, es war in seiner letzten.«

Aus der Kinderwelt: »Tante, mach doch mal den Mund auf!« – »Warum denn?« – »Ich will mal sehen, ob Papa recht hat.« – »Wie meinst du das?« – »Ja, Papa sagt immer, du könntest nicht den Mund aufmachen, ohne dass eine Klatscherei herauskommt.«

Sohn: »Papa, da lese ich eben, dass es früher böse Zauberer gegeben hat, welche Menschen in Ochsen verwandelten. Gibt es die heute noch?« Vater: »Nein, mein Sohn, das ist heutzutage nicht mehr nötig.«

Lehrer: »Wie heißt das Meer zwischen Ostasien und dem westlichen Amerika?« Der Schüler schweigt. Lehrer: »Du deutest es richtig an, der Stille Ozean!«

Papa: »Hast du Mama gefragt, ob du die Schokolade essen darfst?« Sohn (zögernd): »Ja, Papa!« Papa: »Wenn es nicht wahr ist, wirst du bestraft. Hast du die Mama um Erlaubnis gebeten, ja oder nein?« Sohn: »Doch Papa, ich habe gefragt ... aber die Mama hat nein gesagt.«

Lehrer: »Also unter durchsichtigen Gegenständen versteht man z. B. das Glas. Paul, kannst du mir noch einen Gegenstand nennen, durch den man sehen kann?«
Paul (zögernd): »Das Schlüsselloch, Herr Lehrer!«

Student vor der Prüfung: »Durch muss ich – nur ist die Frage: Komm ich durch oder fall ich durch?«

Millionär zu seinem Abschied nehmenden Sohn: »Vergiss nicht, mein Sohn, mit Redlichkeit bringt man es am weitesten!« Sohn: »Kann sein – du hast es aber auch recht weit gebracht, Papa!«

»Ach, Onkelchen, das ist schön, dass du mich auf deinen Rücken nimmst. Jetzt reite ich auf einem Kamel.« Mutter: »Aber, Fritzchen! So unartig!« – »Ja, Mama, du hast doch selbst gesagt: Das alte Kamel braucht nicht immer zum Sonntagsbraten zu kommen.«

Notar: »Jetzt sagen Sie mir genau an, was Sie von Ihren Eltern geerbt haben.« – Herr: »Vom Vater selig hab ich die krummen Beine und von der Mutter selig die lange Nas' – sonst wüsst' ich nichts!«

Und Neueres ...

»Nennt mir Vierfüßler!«, sagt der Lehrer. – »Das Sofa«, erwidert Hansi.

Die verwechselte Katechismusfrage

Ein Bischof war anlässlich der Firmungsreise in einer Schulklasse, um dem Religionsunterricht beizuwohnen. »Was ist die Ehe?«, fragte der Religionslehrer eine Schülerin, die zu seinen besten zählte. Sie überlegte kurz und begann: »Die Ehe ist ... ist ... ist ...« Sie stockte, verwirrt durch die Anwesenheit des hohen Gastes, und geriet in ihrer Aufregung in ein ganz anderes Gebiet. Tapfer fuhr sie fort: »Die Ehe ist ein Zustand großer Qualen, den manche Menschen zur Verbüßung zeitlicher Sündenstrafen zu erdulden haben, um für den Himmel rein zu werden.« Verblüfft wollte der Katechet dazwischenfahren: »Das ist doch das Fegefeuer, Kind!« Der Bischof aber lächelte leise und meinte ruhig: »Lassen Sie nur, wer weiß, vielleicht hat die Kleine recht!« – Der Volksmund sagt, wem die Ehe übel gerate, der habe das Fegefeuer auf Erden.

Ungefährliche Drohung

Nachdem der Herr notdürftig seinen Mantel von den Dreckflecken gereinigt hatte, die ihm daraufgespritzt waren, als ein Junge seinen Ball in die Straßenpfütze neben ihm geworfen hatte, drehte er sich zu dem Knaben um und legte los: »Du ungezogener Bengel, du! Wenn ich dein Vater wäre, dann würde ich dir ganz gehörig den Kopf waschen!«

»Den Kopf ...?«, fragte der Lausbub neugierig.

»Ja, den Kopf! Und rechts und links ein paar Ohrfeigen würde ich dir auch geben!«

»Richtige Ohrfeigen ...?«

»Ja, richtige Ohrfeigen! Und dann würde ich dich übers Knie legen ...«

»Übers Knie ...?«

»Genau, du Flegel! Und anschließend würde ich dir den Hosenboden versohlen, dass dir Hören und Sehen verginge!«

Jetzt grinste der Junge. »Das glaube ich nicht«, sagte er. »Wenn Sie mein Vater wären, dann ...«

»Dann ...?«

»Dann würden Sie jetzt in der Küche stehen und Geschirr abwaschen!«

Auf dem Heimweg von der Predigt versprach Fritz der Mutter, nach des Pfarrers Worten jede Woche einem Mitmenschen eine Freude zu machen. Als sie anderntags sah, wie er seinen Nachbarssohn verhaute, fragte sie: »Heißt das einem Mitmenschen Freude machen?« Er aber fasste es anders auf: »Hast du eine Ahnung, Mama, wie sich da sein kleiner Bruder freute.«

Der 7-Jährige wunderte sich, dass sein Onkel so munter sei: »Bist du denn nicht operiert worden?«
»Wieso operiert?«
»Papa sagte, du seiest gerissen!«

Die Oma nahm ihr 6-Jähriges Enkele mit ins Frauenkränzl, wo sie erzählte, ihr Schwiegersohn rufe seine Frau immer noch »mein Täubchen«. Der Naseweis mischte sich drein: »Für dich, Oma, hat er auch so Vogelnamen.« – »Wie sagt er denn von mir?« – »Wenn von dir die Rede ist, sagte er immer: die bucklige Spinatwachtel oder die alte Schleiereule!«

Als die Frau verreist war, badete der Vater die vierjährigen Zwillingsbuben. »Mama macht's aber nicht so.« – »Was tut sie denn?« – »Sie zieht uns immer auch Strümpfe und Schuhe aus.«

Zu einer kinderreichen Familie kam ein noch unbekannter Onkel. Die Kinder baten ihn: »Nicht wahr, du spielst mit uns Menagerie?« – »Was soll ich denn da machen?« – »Den Bären.« – »Warum den Bären?« – »Weil du so gut brummen kannst.« – »Wie wisst ihr denn, dass ich brummen kann?« – »Als deine Karte kam, sagte Papa, du habest schon mal ein Jahr gebrummt!«

Viele (nette) Lausbuben findet man in Südtirol in den Fußballmannschaften. In Mals im Obervinschgau war die Konzentration an solchen in einer Jugendmannschaft besonders hoch. Und deren Streiche ebenso. Auf dem Weg zum Fußballtraining, das zwei Mal wöchentlich stattfand, pflegte die gesamte Mannschaft mehr oder weniger geschlossen zum Fußballplatz zu gehen. Dass es nicht gerade andächtig zuging, kann man sich vorstellen. Der Weg zum Trainingsort flankiert das Haus einer Frau, die – den alten Savonarola nachahmend, aber bei Weitem weniger erfolgreich (zum Glück für sie, Savonarola ist auf dem Scheiterhaufen gelandet) – sich sehr um die Einhaltung der rigiden katholischen Moral bemühte und, das muss ihr zugestanden werden, auch so kohärent war, nach ihr zu leben (zumindest kann nichts Gegenteiliges bewiesen werden). Besonders auf die Palme brachten sie alle möglichen Nackedeien. Und das wusste unsere Elf natürlich. Irgendwann ist einer der kleinen Spieler auf die Idee gekommen, diese große Schwäche der Malser Sittenwächterin schamlos auszunützen. Jedes Mal, wenn die Spieler an ihr Haus vorbeikamen, immer zum späteren Nachmittag, reihten sie sich unter ihr Fenster und sie riefen sie. Kaum blickte sie durchs Fenster, drehten sich die Kleinen um, und als hätten sie jede Bewegung strengstens trainiert, bückten sich und … zogen sich die Hosen samt Unterhosen bis auf die Knie! Die jeweilige Reaktion der armen Frau lasse ich Ihrer Fantasie über. Weshalb die Störaktionen dann ein plötzliches Ende gefunden haben, ist mir nicht bekannt. Vielleicht ist irgendwann die Reaktion ausgeblieben oder das Fenster blieb geschlossen oder die Eltern der Kinder haben der Aktion den Riegel vorgeschoben oder die kleinen Lausbuben wurden ganz einfach stuff.

Dass Lausbübchen (natürlich auch die Lausmädchen, die »Lausgitschen«) oft auch kreativ sind, ist ein Fakt. Dieselben waren es, die für die Begrüßung der gegnerischen Mannschaften folgenden Spruch hatten: »Wir begrüßen die gegnerische Mannschaft mit einem dreifachen Hundehütte, Hundehütte – wau, wau, wau!« Von dieser Begrüßungsformel müde wichen sie auf eine »südtirolerischere« aus: »Wir begrüßen die gegnerische Mannschaft mit einem dreifachen ›wos frisst die Kuah, wos frisst die Kuah, Hei, Hei, Hei!«

Als Lehrer hat man's oft nicht leicht. Manchmal kann der Beruf aber ganz schön amüsierend sein. Und was gibt es Schöneres als einen Beruf, bei dem man sich amüsiert (nicht immer natürlich!). So kann es vorkommen, dass sich Situationen ergeben, die man erst in einem zweiten Moment so richtig erfasst. Das Gehirn arbeitet gewissermaßen mit Verzug. So etwa als ich im Literatur-Unterricht Jandls Gedicht »Ottos Mops« (was für eine Herrlichkeit, dieses Gedicht) behandelte. Und dazu hatte ich eine Folie auf dem Overhead-Projektor aufgelegt (für die Sprachpuristen: ein Tageslichtprojektor), die ich aus einer zufällig gefundenen Klatschblatt-Abbildung kopiert hatte und auf der eben eine Mops-Familie zu sehen war. Und nun kam ich zu einer Frage, die ich bis dahin noch nicht endgültig gelöst hatte – auch weil ich mir die Frage nie gestellt hatte. Auf die Folie zeigend, wollte ich einige Weisheiten zur Hunde-Familien-Abbildung von mir geben: »Wir ihr seht, sind diese … diese … diese …« Frage an unsere Leser: wie würden Sie die Mehrzahl von Mops bilden?

Einer Französisch-Kollegin ist folgende Situation widerfahren: Auf die Frage eines Erstklässlers: »Frau Lehrerin, was bedeutet eigentlich ›pourquoi‹?«, antwortete sie naturgemäß: »Wieso …« – »Nein, nur so, es hätte mich eben nur interessiert …«, beendete der Schüler das kurze Gespräch.

8. Von Metaphern, Symbolen und Kraftausdrücken

Die Südtiroler Umgangssprache ist reich an Metaphern und Symbolkraft. Entsprechend weniger Worte bedarf es, um komplexere Gedankengänge zu artikulieren, auch weil die Wortkargheit der Südtiroler ein Markenzeichen ist.

»Scheiß dr nix, lebsch länger«
Kümmere dich nicht zu viel um die Probleme des Alltags; so wirst du deine Nerven schonen und länger leben

»Früah auf und spat nieder mâcht müade Glieder«

»Des tuat fuxn«
Etwas schafft Schwierigkeiten; ist schwer zu lösen

»Gibsch – bisch, hosch gebn – bisch gwesn«
Gibst du, bist du wer, hast du gegeben, bist wer du gewesen (und zählst nichts mehr)

»'s gibb koan Speck uhne Schwârtn«
Auch das Gute hat seine schlechte Seite

»Sein tuat âlls lei wau, wau«
Es ist alles nur Geschwätz, Vorgemachtes

»Dös hât kuan Fürschigâng«
Es geht nur langsam voran; nichts geht weiter

»As 'n löschtn Loch pfeifn«
An den Rand der physischen Möglichkeiten gelangt; in Atemnot geraten

»Von Gigg und Gâgg reden«
Sich über Belangloses unterhalten

»Do tuats hoamelen«
Hier fühlt man sich wie zu Hause

»Die Louser (Löffl) aumâchn«
Gut zuhören; die Ohren »steif« machen

»Mit Putz und Stingl«
Alles, ausnahmslos; mit »Haut und Haaren«

»A heachers Viech«
Ein großes Tier, metaphorisch für hoher Beamter, Politiker, Mensch mit verantwortungsvoller Position

»An Tuck untian«
Einen Streich spielen

»Der höart die Fleach huaschtn und die Muggn soachn«
Der hört die Flöhe husten und die Mücken pinkeln

»'s isch für die Kâtz«
Es ist für die Katze, es ist umsonst

»Dear hât Schmâlz in Hirnkastl«
Der ist intelligent

»Vergelt's Gott in Himmel aui und entn oi«
Sich (boshaft) bedanken

»Dear hât a hitzige Leber«
Der ist ein großer Trinker

»Wenn's Dummsein weah tat, höaret man di weit schreien«; »Werst woll a Stiarkâlb sein«
Du bist sehr, sehr dumm

»Dear ghöart in die Würst«
Der ist nichts mehr wert

»Dear lâsst sich 's Gloapete dreimol auwarmen«
Der ist ein Geizhals

»Dem soll man die Pipp odrahnen«
Dem soll man den Wasserhahn abdrehen

»In an Reiter (Sieb) Wâsser trâgn«
Vergeblich arbeiten

»Dö hâbn a Techtlmechtl«
Die beiden haben was miteinander; sie flirten miteinander

»Fuir und Stroah brinnt gearn«
Gegensätze ziehen sich an

»Ba dr Liab und ban Rosskaaf höart die Freundschaft au«
Liebe und Geschäft kennen keine Freundschaft

»'s Madl und 's Ross soll ma nit hearleichn«
Frau und Pferd soll man nicht verleihen

»Glurln mâchn«
Schöne Augen machen

»In Hörbst und ba der Tonzmusi fâlln die meahrigstn Blattlan«
Im Herbst und bei Tanzmusik fallen die meisten Hüllen

»Er muaß Milchkreuzer zâhln«
Er muss Unterhalt zahlen

»Brettlebn isch fein af der Wies, âber nit ba der Lies«
Es ist fein, wenn die Wiese eben wie ein Brett ist, nicht aber wenn es die Elisabeth ist

»Dear isch ihr in die Trâppl gângen«
Er ist ihr in die Falle getappt; sie hat ihn bekommen

»Übern Zaun heirâtn«
Jemanden aus der Nachbarschaft, aus dem Nachbardorf heiraten

»Ban an Âltn isch man guat ghâltn«
Bei einem älteren Mann ist man gut aufgehoben

»Ear tuat außigrâsn«
Er grast auswärts; er hat eine Geliebte

»Dö hât a viaröggets Gstöll«
Sie hat einen ziemlich ausgeprägten Hintern

»Dös isch a durre Kraxn«
Sie ist bockdürr

»Der Ofn isch ingebrochn«
Sie hat ein Kind auf die Welt gebracht

»Mit die Muggn fliagn«
Mit den Mücken fliegen; ein ungeborenes Kind

»'s Kind isch guat z' hobn«
Es ist ein feines, pflegeleichtes Kind

»er isch a bockdurre Zaunlâtt«
Er ist sehr mager

»Er isch a Bärenlaggl«
er ist gut gebaut, kräftig

»An Kapuziner in Hâls hâbn«
Heiser sein

»Die Geahwoadl hâbn«; »Er hât die Scheiß über neun Zäun«
Durchfall haben

»Boandlkâmer«
Der Gebeinekrämer; der Tod

»In Himml sein aa nit lauter Heilige«

»'s gibb lei uan Herrgott, âber dear isch vieln Leutn z'viel«

Einige Beispiele mittelalterlicher Kurztexte

Ora pro nobis!
Die Kuh rennt in Kobis,
Der Knecht geht wehr'n

Und kimmt in die Dörn,
Die Bäuerin geht kochen,
Die Dirn thut kosten,
Sie schlagt ihr auf die Tatzen,
Dass sie g'nug hat, 'rabzukratzen.

Dominus vobiscum!
Thomele, wo gehst um?
»Jetzt bin i hinter'm Altarl g'wesen
Und han a Pfann voll Nudel gessen,
Jetzt bin i wieder do.«

In derselben Zeit
Nimmt der Bauer ein Scheit
Und schlagt unter die Leut.
Die G'raden sind verloffen,
Die Krumben in die Mauslöcher g'schloffen.

In der Zeit sprach der Herr zu den Jüngern:
»Wer nicht geigen kann, kann a nicht fingern.«

Vater unser, der du bist,
Mein Vater zieht Mist,
Die Mutter thut schieben,
Dass die Ludern auffliegen,
Zieht auf'n of'n Kogel.
Schaut ocher, wie a Vogel.

Vater unser, der du bist,
Es ist kein Mehl in der Kist',
Kein Brot auf der Gramm,
Unsers Absterbens. Amm.

(aus: Zingerle, Vinzenz Ignaz: Die deutschen Sprichwörter im Mittelalter. Wien 1864)

Aus mittelalterlichen Verfachbüchern und Gerichtsakten stammen ungemein interessante und eigenartige wie lebensnahe »Weisheiten«

Der Weiber Weinen, der Kramer Schwören und der Hund' Hinken ist nit jederzeit achtzugeben (N. Strovogl, Eppan-Altenburg 1572)

Distlen stechen sehr, falsche Zungen noch viel mehr; doch wollt ich lieber in Distlen baden denn mit falschen Zungen sein beladen (Abraham Orttner, Kastelruth 1556)

Frisch, fröhlich und frum ist mein Reichtum (Adam Rosenstockh, Schlanders 1567)

Frum sein schad't nit, gar zu frum taugt nit, halb frum, halb Schalk währt lang, verdirbt nit bald (Hans Salzgeber, Schlanders 1567)

Glück und Kunst kommt nit umsunst, wer die gern hätt', der suech sie nit im Bett (anonym, Meran 1580)

Gueter Wein und schöne Weiber verderben oft manchen gueten Schreiber (Georg Masserögen, Salurn 1598)

Herrndienst und Aprilenwetter, Junkfrauenlieb und Rosenblätter, drei Würfel und ein Kartenspiel, das verkehrt sich oft und viel (anonym, Eppan-Altenburg 1588)

Lieb mich als ich dich, nit mehr begehr ich (H. Kaiser, Schlanders 1576)

O wie wehe dem ist, der viel schuldig ist, hat kein Frist und weiß nit, wo Geld ist (Veit Netlich, Michelsburg 1557)

Red wenig, red wahr, kauf wenig, zahl bar (anonym, Schlanders 1571)

Richt's Maul nach der Taschen (anonym, Michelsburg 1534)

Trink ich Wein, so verdirb ich, trink ich Wasser, so stirb ich; noch ist besser Wein trinken und verderben als Wasser trinken und gar sterben (anonym, Schlanders 1586)

Übermuet Unfalls Ursprung (Jacob Platter, Eppan-Altenburg 1574)

Wär Holzhacken auch ein Orden, so wären nit so viel Minich und Pfaffen worden (anonym, Eppan-Altenburg 1571)

Wo Landsknecht' sieden und braten, Pfaffen zu weltlichen Dingen raten und die Weiber führen das Regiment, das kommt nimmermehr zu guetem End! (Christian Marstaller, Völs 1569) (aus: Mahlknecht, Bruno: Von großen und kleinen Übeltätern. Hundert »Fälle« und »Geschichten« aus Südtiroler Gerichtsakten des 16. Jahrhunderts, Innsbruck 2005, S. 404-410)

9. Sagenhaftes aus Südtirol: von Prinzen, Norggen und Mäusen

Die Südtiroler Sagenwelt ist reich an Anekdoten und witzigen Ereignissen, wobei sich fast immer ein konkreter Hintergrund dahinter versteckt. Das mittelalterliche Sagengut hat sich bis zur Gegenwart gehalten und wird von Generation zu Generation weitergegeben. Diese mündlich tradierten und überlieferten Erzählungen betten sich wunderbar in die Südtiroler Burgenlandschaft ein.

Das Sauschloss

Die Verteidigungsstrategien der Südtiroler stehen seit Langem schon in Verbindung mit dem Südtiroler Exportartikel Nummer eins: Südtiroler Speck. In grauer Vorzeit hat sich dieser schon bei der Belagerung der Burg Greifenstein bewährt. Friedl mit der leeren Tasche versuchte die Burg zu erobern, die als unbezwingbar galt. Deswegen versuchte er die Burg letztlich auszuhungern, um so in den Besitz derselbigen zur gelangen. Doch weit gefehlt, die Greifensteiner ersannen eine List und bewarfen die Belagerer mit ihrem letzten Schwein. Dadurch glaubte Friedl mit der leeren Tasche, dass sich im Schloss noch genügend Nahrungsmittel befänden, und zog unverrichteter Dinge wieder ab. Die Quintessenz daraus ist, dass Südtiroler Markenspeck nicht nur ein kulinarisches Vergnügen ist, sondern auch jede Granate in den Schatten stellt, die Vegetarier mögen diesen kulinarischen Fauxpas verzeihen.

Sisyphos im Sarntale

Hexensteine sind im ganzen Land bekannt, doch einer der interessantesten scheint sich auf Schloss Reineck im Sarntal zu befinden. Er liegt auf einem sehr hohen Turm und hätte nie durch die enge Stiege desselben gepasst. Wird nun dieser Stein vom letzten Stockwerk auswendig hinuntergeworfen, so wird er in der Nacht von den Hexen wieder hinaufgebracht. Diese Absurdität lässt sich beliebig oft fortsetzen, letztlich kann es auch sein, dass sich Schriftsteller wie Camus von diesen Hexensteinen beeinflussen ließen, um seinen steinrollenden Helden zu veranschaulichen.

Von Nörglern und Nörggelen

Nun ist das Nörgeln gerade auch bei den Südtirolern ein immer wieder altbekanntes Phänomen, sie sind nicht nur mit sich unzufrieden, sondern auch noch mit Gott und der Welt, wobei kein Objekt ausgelassen wird, bei den nicht genörgelt wird (einige behaupten, dies sei ein globalisiertes Problem, Anmerkung der Autoren). Ist es bei den deutschen Bundesbürgern die Suppe, die entweder zu heiß oder zu kalt ist, so ist es bei den Südtirolern der Speckknödel, der entweder zu klein oder zu groß ist. Doch ist dieses Nörgeln bei den Südtirolern schon von Generation zu Generation weitergegeben worden, wovon einige Sagen auch berichten: So lebten einst auf den Almen zwischen dem Sarntale und dem Passeiertal Nörggelen, die sich Harmelen nannten. Diese tobten und stampften laufend auf den Almen und sorgten wegen des Lärms für großen Unmut. Die Sarner und Passeirer, beide nicht auf

den Mund gefallen, wollten sich der Plagegeister und des Lärms entledigen, deswegen vertrieben sie die kleinen Monster mit einigen Zauberformeln und Sprüchen. Diese Täler übergreifende Koproduktion erwies sich aber als folgenschwerer Irrtum, das Lärmen hörte zwar auf, doch nun verödeten die Almen mit Steinen und Geröll.
Aus dieser Sage kann man erkennen, welche Metamorphose der Südtiroler Nörgler im Laufe der Geschichte erlebt hat; bleibt nur noch die Frage, wer ist sympathischer? Der vertriebene sagenhafte Harmele oder der heute präsente Nörgler?

Südtiroler Glücksspiel

Der Südtiroler ist nicht nur Speck, Wein, Weib und Gesang verfallen, sondern auch dem Glücksspiel. Als Exempel dieser Spielsucht möge die Hexe Langtüttin (der Leser möge selbst assoziative Herleitungen erstellen) und ein Schuster dienen, die sich dieser Leidenschaft hingaben. Nun war ihr Einsatz nicht etwa eine Million oder ein Auto, nein, ihr Einsatz war von sportlicher Natur. Sie losten darum, wer für immer auf dem Ötztaler Ferner sitzen müsse oder wer von beiden ewig auf der Welt herumziehen müsse. Heute mögen diese Wetteinsätze ein wenig verwundern, doch alle Wanderer können sich noch vergewissern, wer was gezogen hat, denn ganz oben auf dem Gipfel sitzt nun seit Hunderten von Jahren die Hexe, während der Schuster weiterhin zur Wanderschaft verurteilt ist. Tipp für die Gäste: Achtung auf den Wetteinsatz bei Glücksspielen mit Einheimischen.

Das Pfeifer-Huisele oder kafkaeske Metamorphose

Tierverwandlungen haben in der Literatur und in Filmen eine lange Tradition. Doch eine dieser ersten Verwandlungen erleben wir beim Pfeifer-Huisele, welches in Tulfer lebte. Diese Sage bildet die Vorlage zum Horrorfilm »Die Fliege«. In der Tat konnte sich das Pfeifer-Huisele verwandeln. Häufig änderte es seine Gestalt in eine Fliege, um so die Milch aus den Rahmschüsseln schlürfen zu können. So geschah es auch, dass das Huisele auch in der Milch baden ging und buchstäblich sich im letzten Moment befreien konnte. Natürlich ging dies nicht ewig, denn irgendwann holte ihn der Teufel. Seitdem schmort er in ewiger Verdammnis.

Der Mäuseprozess

Im Jahre 1519 kam es in Glurns im Vinschgau zu einem Aufsehen erregenden Prozess gegen Mäuse. Der Vorfall, möchte man meinen, könnte der Sagenwelt entsprungen sein, doch dem ist nicht so. Es sind aus jener Zeit Aufzeichnungen und Protokolle überliefert, die beweisen, dass der Mäuseprozess eine historische Tatsache ist. Außerdem waren im europäischen Mittelalter Gerichtsverfahren gegen Tiere keine Seltenheit.
Ankläger war ein Vertreter der Gemeinde Stilfs, der Klage gegen die Feldmäuse (Lutmäuse) erhoben hatte, da diese großen Schaden angerichtet hätten. Im darauf folgenden Jahr fand das Gerichtsverfahren statt, und zwar unter der Leitung des Richters Conrad Spergser. Die Mäuse erhielten einen Verteidiger. Wie es für einen seriösen Prozess gehört, wurden etliche Zeugen angehört und Tatsachen

überprüft, bevor der Richter sein Urteil fällte. Dieses lautete: die Mäuse bekamen eine neue Wohnstätte (wahrscheinlich in den Schludernser Leitn) zugewiesen. Auf dem Weg dorthin wurde ihnen freies Geleit zugesichert. Wörtlich heißt es in den Prozessakten: »Es werde ihnen auch bei solchem Abzug ein frey sicher Geleit vor iren Feinden erteilt, es seyen Hund, Katzen oder andere ire Feind; er sey auch in Hoffnung, wenn aine schwanger wär, dass derselben Ziel und Tag geben werde, dass sie ir Frucht fürbringen und alsdann auch damit abziehen möge.«

Wiffe Fluchtmöglichkeiten

Die Südtiroler sind bekannt für innovative Fluchtmöglichkeiten. Wieder tritt dabei in der Sagenwelt Friedl mit der leeren Tasche in den Vordergrund. Als Friedl wieder mal auf der Flucht war, kam er nach Rofen und hütete verkleidet Schafe. Da er aber vor seinen Feinden nicht mehr sicher war, flüchtete er nach Meran zu einem Müller. Doch es dauerte nicht lange, bis auch dieses Versteck von seinen Feinden entdeckt wurde. Nun geriet der Herzog in Not und wusste sich keinen Ausweg mehr. Doch der clevere Müller nahm den Adeligen, steckte ihn in seine Mistfuhre und brachte ihn so durch die feindlichen Linien. Der Herzog wurde nicht entdeckt und konnte sich so in Sicherheit bringen. Dieses originelle Versteck sollte auch für den Müller nicht unbelohnt bleiben. Der Müller wurde in den Adelsstand erhoben und bekam als Zugabe auch noch das Mühlrad in sein Stammwappen. Die Lehre aus dieser Sage möge wohl diese sein: Mist stinkt zwar, wer weiß aber, was sich darunter verbirgt.

10. Von mittelalterlichen und anderen Sprüchen

Marterlsprüche

Unter Marterln versteht man Erinnerungsmale, die an Unglücksstellen errichtet wurden. Oft handelt es sich um Holzkreuze mit Tafeln, auf denen Sinnsprüche gemalt wurden. Die Marterlsprüche sind im ganzen Land bekannt, wobei ihr zynischer Wortwitz sehr viel von der Südtiroler Seele zutage fördert. Einer der bekanntesten Sammler dieser Sprüche ist der Tiroler Schriftsteller Karl Schönherr, der seine Jugend in Schlanders verbrachte. Sofort fällt der schwarze Humor ins Auge und wie es möglich ist, sich auf humorvolle Weise mit dem Tod zu konfrontieren.

Gstiegn sein wir bis zum Spitz,
I und der Schneiderfritz.
Die Außnsicht ist prächtig gwösn,
Zerst habn mer Kas und Butter gössn,
Glei drauf an Purzigagl gmacht,
Da habn uns alle Knochn kracht.
Der Hear gib ihm die ewige Ruah,
Vom Bergsteign habn mer gnua.

»Durch einen Ochsenstoß
kam ich in des Himmels Schoß.
Musste ich auch gleich erblassen,
und Weib und Kind verlassen,
kam ich doch zur ewigen Ruh'
durch dich, du Rindvieh du.«
(Kaspar Werndli – Passeier)

»Hier starb Martin Rausch,
die Lawine traf ihn halt
auf den Leib und macht ihn kalt.
Auch der Jörg, der war darunter.
Aber heut noch ist gesund er.«
(Passeier)

»Hier liegen begraben
vom Dunder derschlagen
drei Schaf, a Kalb und a Bua;
Herr, gib ihnen die ewige Ruah.«

»Hier liegt der Bote Michel,
er fiel mit seiner Kraxen,
brach sich beide Haxen,
die wurden amputiert,
das hat ihn sehr scheniert,
dann kam der Brand dazu!
Gott schenke ihm die ewige Ruh!«

»A Stückl rost'ger Drahtverhau,
a Blutvergiftung obendrau
und dann a Doktor noch dazue,
das brachte ihn zur ew'gen Rueh.«

»Unser armer Nachbar Alexander
brach hier mitten auseinander,
weil er mit Dynamit hantierte,
das leider furchtbar explodierte.
O Herrgott, flick ihn Du zusammen
und lass ihn ruhn im Frieden. Amen.«

Noch ein paar Scherzfragen

Welches ist der schwerste Stab? Der Bettelstab
Was ist das Beste an einem Kalbstopf? Das Kalb

Wer ist geschickt? Der Bote

Was steht zwischen Berg und Tal? Das Wörtchen und

Welches sind die längsten Nächte? Die die kürzesten Tage haben

Wer geht zum Ersten in die Kirche? Der Zweite

Warum haben die Müller weiße Mützen? Damit sie dieselben aufsetzen

Und einige Gstanzln obendrauf

Die oan sein die gscheidn, die ondorn die bledn,
mir kennen net olle gleich sein, so ischs holt im Lebm!

Mein voter isch tischler und tischler bin i,
er nogelt die brettor, die weiber nogl i.

Dor Pforror von Terlan, der isch iatz stuff,
er isch im Urlaub und geaht zem in Puff!

Ein Rutsch
Und schon futsch.

Hier ruh' ich aus für immer,
Zum Steigen bringt's mich nimmer.

Der Weg in die Ewigkeit
Ist doch gar nicht weit,
um 7 Uhr fuhr er fort,
um 8 Uhr war er dort.

In drei Sekunden war er unt'n,
Man hat ihn gar nit g'fund'n.

Er lebte fromm und schlicht
Und bekam hier's Überg'wicht.

Hat schon wieder oan!
Jetzt bettelt er den Herrgott
von frueh bis spat,
Ob er den Jüngsten Tag
Nit auf'n Ortlerspitz abhaltn taat
Anstatt im Tal Josephat.

Auf dem Paß Jaufen
Vergaß er auf's Schnaufen,
Dann schlug sich der Tod dazue,
Herr, gib ihm die ewige Ruhe.

Johann der Taufer hoaß i,
Daß i gfalln bin, dös woaß i!
Ob i no amol machet a Bergtur mit,
Sell woaß i nit.

11. Von Historischem und Literarischem

»Wir sind Papst!« – so lautete der Titel der Bild-Zeitung im April 2005, als Joseph Ratzinger (für die englische Presse: »Papa-Razzi« oder »God's Pitbull«) als neuer Papst Benedikt XVI. der Welt verkündet wurde. So etwas hatten wir Südtiroler aber schon lange! Geben Sie's zu, mit dem hätten S' nicht gerechnet! Der letzte deutsche Papst vor Benedikt XVI. war ein ... Südtiroler. Als Damasius II. bestieg er den Petrusstuhl in Rom, Poppo aber war sein eigentlicher Name (südtirolerisch ist eine »Poppa« ein Baby; italienisch ist ein »poppante« ebenso ein Baby). Zugegeben, unser Poppo stammte aus bayrischem Adel, war Sohn des Grafen Poppo II. von Rott (nach anderen historischen Quellen Sohn des Vogtes Chuno vom Kloster Benediktbeuern), ab 1039 war er der Bischof von Brixen. Poppo von Brixen, mit dem Beinamen Baginarius (der Bayer), natione noricus, qui alio vocabulo bayuuarius dicitur, nahm als solcher 1046/47 an den Synoden von Pavia, Sutri und Rom teil. Weihnachten 1047 wurde er von Kaiser Heinrich III. gegen Benedikt IX. zum Papst bestimmt. Lange bevor die Faschisten einen Marsch auf Bozen und jenen auf Rom veranstalteten, hatten wir Südtiroler unseren Marsch auf die heilige Stadt längst unternommen! Poppo wurde nämlich von einer Armee nach Rom begleitet, um Benedikt IX. gewaltsam vom Stuhle Petri zu vertreiben, was den Südtirol-Expeditionären auch gelang. Aber die Freude währte nur vierundzwanzig Tage. In Palestrina starb Poppo, vermutlich an Malaria, aber es gibt auch Historiker, die der Meinung sind, er sei im Auftrag des römischen Adels vergiftet worden. Begraben wurde er in der Basilika San Lorenzo fuori le Mura in

Rom. In bester Südtiroler Tradition, die bis heute durchwegs gilt, hat er – wie unsere zeitgenössischen Politiker – auf keinerlei Machtposten verzichtet und stattdessen Ämter gesammelt. Während seines Pontifikats blieb er nämlich auch weiterhin Bischof von Brixen.

Nun ist der Südtiroler, wie auch der Tiroler, ein sehr individueller Typus, der manchmal sehr kritisch begutachtet wird. Hierbei sollen vor allem die Schriftsteller zu Wort kommen, die den Tiroler/Südtiroler in witzig-ironischer Art und Weise veranschaulichen.
Dabei möge bereits Walther von der Vogelweide dienen, der sich intensiv mit der idealen Arbeithaltung der Südtiroler auseinandersetzte.

Ich saz ûf eime steine
und dahte bein mit neine,
dar ûf satzt ich den ellenbogen;
ich hete in mîne hant gesmogen
daz kinne und ein mîn wange.
dô dâhte ich mir vil ange,
wie man zer welte solte leben.

Künstlerisch begabte Leser können versuchen, diesen sitzenden und sinnierenden Walther von der Vogelweide nachzuzeichnen. Auf alle Fälle zeigt er sich, der als Paradesüdtiroler gelten mag, in einer sehr nachdenklichen Position, mit der sich die Südtiroler identifizieren. Sicher ist, dass der Südtiroler ein nachdenklicher, sympathischer und weltoffener Typus ist, der sich Gedanken um die Zukunft und die Zustände der Welt macht. Doch lassen wir uns überraschen, ob alle Schriftsteller den homo suedtirolensis so sehen. Der hochmittelalterliche Südtiroler ist ein denkender, kritischer und weltoffner Mensch. Ändert sich dies im Laufe der Jahrhunderte?

Einer der berühmten Südtiroler Dichter ist Oswald von Wolkenstein. Er ist wahrscheinlich 1376 im Pustertal auf der Burg Schöneck geboren und ist waschechter Südtiroler. Denn die Wolkensteins gehörten zu den wichtigen Adelsfamilien Tirols und hießen viele Besitzungen auf Südtiroler Boden ihr Eigen. So etwa die Burgen Wolkenstein (das dürfte klar sein), aber auch die Trostburg, die Burg Rodeneck und die Burg Greifenstein, das »Sauschloss«, von dem gesondert die Rede in diesem Büchlein ist. Doch zurück zu Oswald. Als Zweitgeborener hatte er wenig zu erwarten und lief bereits mit zehn Jahren von zu Hause weg. Davor hatte er bei einem Spiel ein Auge verloren, wie in vielen Porträts des Dichters auch zu sehen ist. Vierzehn Jahre lang soll er sich in Europa herumgetrieben haben, sogar bis nach Persien soll er gekommen sein. Zurückgekehrt, bemühte er sich um sein Erbteil und bekam ein Drittel der Burg Hauenstein bei Völs. Immerhin etwas. Zudem verliebte er sich unheilbar in Sabine, die Tochter des Martin Jäger, ein Ritter, mit dem sich Oswald um die Burg Hauenstein ständig stritt. Sabine überredete den verliebten Oswald mit einem Eheversprechen, in das Heilige Land zu pilgern. Aber kaum verreist, hielt Sabines Gedächtnis nicht lange und sie heiratete kurzum einen anderen Ritter. Und dann soll mir einer sagen, Liebe mache nicht blind. Vielleicht vom Frust getrieben, reist Oswald erneut viel, er begeleitet König Sigismund zum Konzil von Konstanz, nimmt am Aufstand des Tiroler Adels gegen Herzog Friedrich mit der leeren Tasche, deren Taschen allerdings in Wahrheit gar nicht so leer waren, teil und verliebt sich erneut. Diesmal in Margarethe von Schwangau. Nun unternahm Oswald keinerlei Pilger- oder Wanderfahrten und ging auf Nummer sicher: er heiratete die Dame 1417. Er zog sich mit seiner Frau auf die Burg Hauenstein, die er sich inzwischen ganz angeeignet hatte. Deshalb wurde er vom perfiden Martin Jäger in eine Falle gelockt und beinahe zwei Jahre lang gefangen gesetzt (1421–1423). 1445 starb Oswald in Meran und wurde in Neustift beigesetzt. Als Dichter ist Oswald der Meister der Satire, der Zweideutigkeit und einer (zuweilen derben) Ironie. Und diese wollen wir den Leser/innen dieses Büchleins nicht vorenthalten.

Stand auff Maredel (ein Zwiegespräch zwischen Herrin und Magd; eine ähnliche Situation ist auch heute noch in Südtirol vorstellbar, beispielsweise in der Hotellerie)

Steh auf, Margrete! Liebes Gretl, reiß die Rübe raus!
Ach Frau, ich mag nicht. Ist doch viel zu früh.
Machs Feuer an, setz Fleisch auf, Kraut! Beeil dich was!
Wann find ich dann den Schlaf, den ich noch brauch?
Nun los, du geiles Stück – die Schüssel abgespült.
Geh, hetzt nicht so! Man ist ja auch noch wer …
Wer hält die Magd im Bett? Der Künzel-Knecht?
Mach dich schön dünn, du übler Tagedieb!
So bleib doch hier, geliebter Kunzl-Spezi! Hab dich gern.

Los, Grete, lauf zum Stadel!
Und wen gibt's dann, ders mir besorgt so deftig, pfundig?
Such im Heu die Nadel, nimm den Rechen mit
Gabel, Flegel, Sieb und Sichel findest du dort.
Arbeit ist Schinderei…
Nimm Hans mit und Katharina. Der Kunz bleibt hier.

Katharina taugt nichts, Hansl hab ich satt!
Halts Maul, du Luder, hör auf mit dem Geschrei!
Mit diesem edlen Schmatz schenk ich mich ganz
Dem edlen Kunzl aus dem Zillertal.

Die Schande wächst, dein Ruf schrumpft ein.
Gretl, sei nicht so geschert!
Frau, schimpfen nützt jetzt nichts.
Spinn, kehr, verdien dirs Geld.
Spinnen, kehren mag ich nicht!
Zerfetz dir nicht das Kleid vor Wut!
Kein Fickfack nur, sonst wirst du Pack.
Du Racker kriegst ein Sackerl, sobald du dich verehelichst.
Mein Liebestrachten gilt dem Künzelein,
denn mir gehört er ganz;
er schenkt mir Lust, nach der ich brenne.

Und noch ein Wolkenstein'sches Gedicht.
Ain graserin

Graserin im kühlen Tau,
nackt die Füße, weiß und zart,
schuf mir Lust im Erlengrund
mit der Sichel, braun behaart,
als ich half das Gatter heben,
vor die Öffnung rücken;
hab den Zapfen in der Kerbe
festgepflockt, damit das Kind
keine Angst hat,
dass die Gänslein ihm entwischen.

Als ich sie am Zaune sah,
wurde mir die Zeit sehr lang,
bis ich ihr dann das Problem
löste zwischen beiden Pfosten.
Hatt das Beilchen mir zuvor
rasch zur Arbeit hochgewichst,
nass und scharf gemacht. So stands.
Harken half ich ihr das Gras.
Zuck nicht Schätzchen.
»Ha, gewiss nicht, lieber Hansl!«

Als ich abgemäht den Klee,
jeden Durchlass zugerammt,
wünschte sie, dass ich noch mal
Futter rupf, im Gärtlein unten.
Rosen würde sie zum Dank
winden, binden mir als Kranz.
»Reg dich, streck dich hier im Flachs,
kraul ihn, dass er tüchtig wachs!«
Liebstes Gänslein,
herrlich ist dein Schnabelschlund!

Auf die Gefahr hin, den Zorn und die Vewünschungen der Bozner Touristiker auf uns zu ziehen, wollen wir der historischen Wahrheit treu bleiben und die Mozart'schen Gefühle bezüglich unserer Hauptstadt darlegen. Auf einer Reise nach Italien legte Mozart (mit seinem Vater Leopold) in Bozen einen Zwischenstopp ein. Es war der 28. Oktober 1772 gegen Mittag, als er in »Botzen« eintraf und am selben Tag schrieb Wolfgang Amadeus in einem Brief an seine Schwester Nannerl folgende, wenig schmeichelhaften Worte: »Nun sind wir schon zu botzen. schon? erst! mich hungert, mich du[e]rst[et], mich schläffert, ich bin faul, ich bin aber gesund. zu Hall haben wir dass Stift gesehen, ich habe dort auf der orgel gespielt. wen[n] du die Nader Nan[n]erl siehest, so sage ihr, ich hab[e] mit dem H: Brindl (ihren amanten) gered[e]t, er hat mir ein compliment auf sie aufgeben. Ich hoffe, du wirst dein wort gehalten haben, und (vergangenen Son[n]tag bey der) D: N: (gewesen sein). lebe wohl. schreibe mir was neues. botzen, dieß Sauloch.« So langweilig war es dem damals 16-jährigen Wolfgang Amadeus, dass er kurzehand, um sich die Zeit ein bisschen zu vetreiben, ein *Quadro* (vermutlich das *Streichquartett in D-Dur KV 155*) komponiert hat! Vieles hat sich seither verändert und Bozen, das müssen wir schon sagen, ist heute eine sehr lebhafte Stadt geworden. Als Beweis dafür wollen wir die letzten Daten zur Tourismusindustrie anfügen: 2006 wurden in der Landeshauptstadt 236192 Ankünfte vermerkt, das sind um 4 Prozent mehr als 2005. Die Nächtigungen stiegen auf 560696, was einen Zuwachs von 2,7 Prozent bedeutet. Und in den ersten fünf Monaten des Jahres 2007 wird ein zusätzlicher Plus von 2,2 Prozent verbucht. Dies führen wir an, in der Hoffnung, die aus obigen Gründen gefürchteten Touristiker, diese Großmacht in unserem kleinen Land, wieder halbwegs zu besänftigen. Dennoch gibt es immer noch den einen oder anderen Schützen, dem – bei einer gelegentlichen Fahrt in Südtirols nun vorwiegend von italienischsprachigen Bürger/innen bewohnten Hauptstadt – dieselben Worte über die Lippen kommen (wenn auch aus anderen Gründen): »Bouzen? A Sauloch isch es!« Übrigens: in selbigem Brief hat Mozart auch folgendes Gedicht verfasst:

»Ein Gedichte von einen, der über botzen fuchs-teufelwild und harb war.
soll ich noch kom[m]en nach botzen,
so schlag ich mich lieber in d'fo[t]zen.«

Heinrich Heine, ein Vertreter des Jungen Deutschlands, der auf seiner Italienreise auch Südtirol bereiste, beschreibt die Tiroler bzw. Südtiroler in kritischer Art und Weise, die in gewissem Kontrast zu Walther von der Vogelweide steht. Diese Einsichten stammen aus den »Reisebildern«, nachdem Heinrich Heine Brixen passiert hat und sich dort ein Bild bezüglich der Tiroler machen konnte. »Die Tiroler sind schön, heiter, ehrlich brav und von unergründlicher Geistesbeschränktheit. Sie sind eine gesunde Menschenrasse, vielleicht weil sie zu dumm sind, um krank sein zu können. Auch eine edle Rasse möchte ich sie nennen, weil sie sich in ihren Nahrungsmitteln sehr wählig und in ihren Gewöhnungen sehr reinlich zeigen; nur fehlt ihnen ganz und gar das Gefühl von der Würde der Persönlichkeit. Der Tiroler hat eine Sorte von lächelndem Servilismus, der fast eine ironische Färbung trägt, aber grundehrlich gemeint ist. Die Frauenzimmer in Tirol begrüßen dich so zuvorkommend freundlich, die Männer drücken dir so derb die Hand und gebärden sich dabei so putzig herzlich, dass du fast glauben solltest, sie behandeln dich wie einen nahen Verwandten, wenigstens wie ihresgleichen; aber weit gefehlt, sie verlieren dabei nie aus dem Gedächtnis, dass sie nur gemeine Leute sind und dass du ein vornehmer Herr bist, der es gewiss gern sieht, wenn gemeine Leute ohne Blödigkeit sich zu ihm herauf lassen. Und darin haben sie einen naturrichtigen Instinkt; die starrsten Aristokraten sind froh, wenn sie Gelegenheit finden zur Herablassung, denn dadurch eben fühlen sie, wie hoch sie gestellt sind. Zu Hause üben die Tiroler diesen Servilismus gratis, in der Fremde suchen sie auch noch dadurch zu lukrieren. Sie geben ihre Persönlichkeit preis, ihre Nationalität. Diese bunten Deckenverkäufer, diese munterern Tiroler Bua, die wir in ihrem Nationalkostüm herumwandern sehen, lassen gern ein Späßchen mit sich treiben, aber du musst ihnen auch etwas abkaufen.« Heine beschreibt den Südtiroler recht anschaulich. Möge sich die Leserin und der Leser selbst ein Bildnis machen und versuchen, mit Einheimischen Kontakt aufzunehmen.

Der Südtiroler N.C.Kaser, der mit seiner Literatur überregional bekannt wurde, hat ebenfalls ein kritisches Städtebildnis geliefert, hierbei soll vor allem Meran genauer untersucht werden, die als ehemalige Landeshauptstadt des Landes im Gebirge heute sich als touristische Hochburg präsentiert. »Du gutes bundesdeutsches altersheim Du feingliedrige braut des suedens & schon rentnerin mit magnolien geziert bestueckt mit florierenden hotels & auch mit nicht florierenden mit baedern zum wucherpreis einem bronzehofer vor dem klassischen bahnhof.« Meran besitzt Charme und lädt alle herzlich ein, sich zu erholen und sich bezaubern zu lassen. Vergessen Sie aber nicht die Betrachtungsweise von N.C.Kaser.
(Kaser, Norbert C: Stadtstiche. Aus: DAS KASER-LESEBUCH. hg. v. Hans Haider. Haymon Verlag. Innsbruck 1993, S. 152)

ISBN 978-3-8000-7047-3